穿越知識邊界

李虹慧的生命因緣

推薦序㈠

向一位愛心使者與教育達人致敬

趙怡／國際佛光會中華總會名譽理事、永慶慈善基金會董事長

二〇〇八年十二月，我以無比的榮耀接下國際佛光會中華總會長的重任，真正踏入佛光大家庭的門檻，直到二〇二四年底交卸仔肩。整整六年來，親眼目睹數以百萬計的佛光人個個宵旰憂勞，全心全力、無私無我地響應星雲大師的召喚，隨著輔導法師們的腳步，走入五湖四海、城市偏鄉，推動弘法利生、濟世救苦的工作，受到極大的啟發與鼓舞。大師常說：「只要心中有佛，常存善念，人人都是菩薩。」廁身在佛光山川流不息的人潮中，縱目四顧，身旁盡是莊嚴的菩薩相，這是何等的歡喜與福報啊！

日前，《人間福報》社長妙熙法師擲來一篇人物側寫，囑我為序。文中主人翁是曾任佛光會分會長、長年從事社會公益活動的教育家李虹慧女士。我與李師姐素未謀面，瞭解不深，一時頗覺為難，但在初步瀏覽原稿之後，卻深受吸引，如入寶山，一口氣讀完全文，迫不及待地提筆寫下心中的感動。

我的第一個印象是，李虹慧女士的人生境遇和奮鬥過程，和她最敬愛的星雲大師十分相似，都曾經在貧困的窘境中淬鍊出樂觀進取的成功人生。李師姐年幼時在老師的鼓勵下，立志從事教育工作，遂於初中畢業後，考上公費的師範學校，從此踏入杏壇。李老師認為，「只要擁有愛心與耐心，即使面臨再困難的生活，也都只是過程而已」，尤其在學佛之後，她更理解到「逆增上緣」的可貴；她說：「任何問題來臨時，唯有勇敢面對，才能找出解決方法。」如此人生觀，令人聯想到星雲大師也是生於憂患、長於困頓，但卻能動心忍性，不改其志，奮進向上，卒能在此後人生路途上化危機為轉機，易險巇為坦途。師徒二人自立自強、逆轉人生的例子，堪謂先後輝映。

李虹慧透過幼時同窗慈嘉法師開始親近佛法，其後便常到普門寺聆聽法師講解佛經，得到啟蒙；一九七八年皈依星雲大師後，便一步一步邁上人間佛教的康莊大道。她覺察到大師對於教育的重視，總是秉持有教無類的慈愛，掌握循循善誘的熱誠，把佛法修行與人才培育融入一爐而冶之。耳濡目染之下，讓她在日後三十多年國小老師生涯中，都能得心應手，水到渠成。她教過的學生中有家裡貧窮到無法供應餐食的，有性情怯懦時刻離不開長輩的，有根本患有自閉症以至於傾向離群獨處的，卻都能在李老師的愛心與耐心的薰陶下，行為舉止逐漸轉為正常。她與特殊的孩子特別親近，「往往讓其他老師以為這個學生是我的小孩」。

李虹慧老師也深諳做父母的教育法則，她認為教導應從「誠實」開始，培養孩子成為有品德、明是非的人；但孩子犯錯時則避免對他們太過苛刻，造成親子間的對立；另外，要善於掌握契機進行機會教育，並為孩子提供一個能盡情揮灑的舞台，讓他們適性發展。

在她的心目中，為人父母才是一生中最難的功課，應該邊做邊學，時時反省修正，跟孩子一起成長。

一九九二年，李虹慧從老師的崗位上退休，從此，她以一名虔誠佛教徒的身分投入義務教育工作，奉行星雲大師「以教育培養人才」的志業，並成功地把「三好、四給、五和」的信念攜入家庭、課堂、社區，把慈悲愛心種子撒遍人間每個角落；她還在許多培訓班擔任講師，傳授個人豐富的歷練和理念；從二〇〇一年起，開始在《人間福報》撰寫專欄，後經彙編成書問世，名為《陪孩子一起成長》，曾造成不小的熱賣風潮。

當初，星雲大師一句「走出去」，開啟了弟子李虹慧勇往前進的動力。一九九二年，她披上彩帶，出任佛光會北區松山第一分會創會會長，立刻展開辛勤忙碌的公益生活。她曾參加「媽媽夏令營」，和其他學員一面分享媽媽經，一面學習佛門行儀；一九八一年，李虹慧發起「愛心福田會」，團結有志之士，擴大幫助對象；一九八二年，她擔任慈容法師成立的「友愛服務隊」領隊，定期到育幼院、養老院替無依孩童、老弱族群提供近身關懷服務；一九八三年，她獲得台北市教育局「教育愛」表揚；一九八九年，開始協助台北市社會局浩然敬老院進行院內長者心靈輔導，長達二十年之久，最終榮獲「終身奉獻金奉獎」；一九九三年，國際佛光會首創「檀講師」制度，也引領李虹慧居士從學校教室走入佛門講堂，成為佛光山的檀講師；一九九七年，又參與「慈悲愛心列車」，終日在街頭宣揚佛教與三好運動；二〇一二年，李虹慧老師退而不休的善行懿德，為她贏來第四十七屆「全國模範老人」頭銜。

《華嚴經》有云：「但願眾生得離苦，不為自己求安樂。」這兩句偈語，李虹慧老師了然於胸，也能身體力行，因此，她永遠為他人的福祉為念，「使別人快樂，自己也會變得快樂起來」是她的深沉感悟。

從佛光山、佛光會學習成長，並且安住身心，她對星雲大師，永懷感恩之心，「所以，有責任將善美的人間佛教，以及星雲大師的理念與堅持傳揚給更多的人，讓他們得以成就更豐盈的人生」。

當然，李虹慧老師畢生潛心學佛、撫老恤幼、行善濟世的非凡事蹟，同樣值得後來者學習仿效。她在本書中述說往事，一字一句都懇切自然，而沉澱在字句之下的則是她教書、念佛、行善所付出的汗水、智慧，以及事後嘗到的甜蜜果實。

星雲大師說過：「讀書要和生活結合，每個人的生命經驗都是一本書。」李虹慧老師，這位可敬可佩的愛心使者與教育達人光彩耀目的一生，更是人人都該深入鑽研的最佳讀物。

推薦序㈡

用心實現生命的價值

高俊雄／南華大學校長

細讀李虹慧檀講師人生的經歷，不禁讚歎，也對我產生莫大的啟發。

星雲大師說：「人的一生，生命、生死與生活，三者關係密切，缺一不可。生命必須和他人建立因緣互助，才能生存，成長。就像雨水灌溉樹木，樹木也能涵養水分；生物界要能夠維持生態平衡發展，才能生生不息。」

李虹慧老師念小學時期受到老師的影響和啟發，立志將來要當老師。在小學服務三十三年，協助無數孩童學習成長茁壯。從學校退休後，選擇加入佛光會，發心做更多事、服務更多人。她接受訓練成為檀講師、擔任佛光山松山分會創會會長，跟隨大師在國父紀念館年年舉辦演講、共同推動人間佛教、三好運動。

她用心協助銀髮族快樂、自信與健康過生活。因為身心靈健康是個人幸福的來源，也是學習、工作能力，以及人際關係良窳的重要基礎。維持並促進身心靈健康，才能真正體會生命的意義，感受生命的美好，實現生命的價值。

李虹慧檀講師退而不休，修行度己、弘法利眾，給我很大的啟發。是為序。

推薦序㊂

慧心如虹、慈悲實踐

趙涵捷／佛光大學校長

在星雲大師「人間佛教」理念的指引與照拂下，李虹慧老師堅定地走上慈悲奉獻之路。她以學習佛法為根本，秉持著「佛法在人間，佛法重實踐」的信念，將佛法的智慧融入日常生活，並積極推廣至社會大眾。無疑地，她不僅是佛法的真誠實踐者，更是星雲大師「人間佛教」思想的傳遞者與力行者，為人間淨土的建設默默奉獻、身體力行。

如今，福報文化推動「人間行者系列」出版工作，李虹慧老師這位獻身慈悲喜捨半世紀、深受敬重的檀講師，成為此系列的主角之一。她的故事不僅是慈悲與智慧的實踐見證，更是人間佛教理念在現代社會中的具體呈現，為讀者帶來無盡的啟發與法喜。

在星雲大師「人生三百歲」理念的耳濡目染之下，她積極發揮生命潛能，創造生命價值，使其將學佛不僅視為自我修行的過程，更是一種利他的使命。她奉行星雲大師「人間佛教」的理念，以實際行動走入人群，解決世間苦難，讓人們因佛法而找到希望與快樂。這份發揚「人生三百歲」之理念，已成為李老師一生奉行的準則與動力。

星雲大師認為，真正的人間佛教，是「現實重於玄談、大眾重於個人、社會重於山林、利他重於自利」。李老師實踐了大師倡導的「四給精神」：「給人信心、給人歡喜、給人希望、給人方便」。而此「四給」不僅是佛法的實踐，更為其對社會服務之核心理念。在創辦「愛心福田會」時，她將關懷之心付諸具體行動：給年長者生活支持，給弱勢家庭精神鼓舞，給困境中孩子希望。此種深受人間佛教啟發的行善理念，在在充滿了佛法的光輝。

星雲大師推動「三好運動」：「做好事、說好話、存好心」，旨在透過個人修持影響家庭，進而改變社會。李老師從教職退休後，擔任國際佛光會中華總會松山第一分會會長，爾後成為檀講師，深受此一理念影響，名副其實為推動「三好運動」的重要推手。此後，她又將「三好運動」融入家庭教育之中，並透過撰寫「親職教育」、「親子關係」專欄，出版《陪孩子一起成長》一書，教導父母如何透過「三好」的理念，與孩子建立和諧的親子關係。該書至今已累積八刷，贈送數千本給海內外各級學校與教育單位，使其教育理念名聞遐邇。

星雲大師本著「上求佛道下化眾生」的願心，發願「走出去」，推廣人間佛教。李老師深刻體會到這分「走出去」的精神，認為佛法的價值在於實踐與推廣。因此，她不僅參與社區演講、讀書會，更以自己的生命故事，激勵他人走上學佛、行佛的慈悲之路。其匠心獨具以簡單而真摯的語言，讓佛法平易近人、深入人間，也讓更多人感受到星雲大師「走出去」理念的力量。

李虹慧老師以星雲大師的思想為指引，將佛法智慧轉化為行動，透過關懷、教育與推廣，將慈悲的種子播撒社會各角落。而藉由這本回憶錄，我們將走進李老師充滿愛與奉獻的生命旅程，見證她如何以星雲大師的人間佛教理念為基礎，實現「走出去」的佛法精神。同時，這本書也必將激勵人心，使人人皆可從自身出發，力行「做好事、說好話、存好心」，當下就能以智慧觀照人間淨土。

誠如星雲大師所言：「擁有了人間佛教，就能擁有整個宇宙大地。」願這本書成為眾人智慧的明燈，啟發更多人走上慈悲與利他的道路，讓我們攜手實現星雲大師人間佛教的理想，進而創造出充滿和諧、希望與光明的人間淨土。謹以此序，祝福出版成功，同霑法喜。

推薦序㈣

在信仰中綻放的生命光彩

覺培／國際佛光會世界總會祕書長

每一段生命歷程，都是一本正在書寫的經典。李虹慧老師以一位教育者、母親、佛光人的多重身分，將生命歷練化作信仰的實踐，這本書正是一位行者在人間佛教道路上的心靈紀錄。

從教壇走入道場，從家庭轉向社會，李老師的生命旅程充滿著轉折與光明。在她的筆下，我們看見一位教育工作者如何以佛法為依歸，將「愛與關懷」落實於教學現場；也看見一位信仰實踐者，如何將星雲大師所倡導的「人間佛教」活潑而堅定地落實於生活中。

這本書，不僅是她個人對信仰的深情告白，更是對眾多走在人生十字路口者的一盞明燈。她以誠摯的語調，娓娓道來如何在退休後選擇不退藏於密，而是更積極投入弘法行列，參與讀書會、講座、海外弘法，讓生命延續著奉獻與歡喜。

透過李老師的分享，我們看見信仰如何與人生交織成詩，也感受到佛光山「教育弘法」的深遠力量。這是一本充滿生命力的書，它不說教，卻讓人深思；不造作，卻自有感動。願更多人因閱讀本書，而發現自己生命中那分尚未啟動的願力與慈悲。

推薦序㊄

走出去，讓愛循環

妙熙／《人間福報》社長

「弘法是我一生的心願。」這是一位在家居士的願力，數十年來，她受到佛光山開山祖師星雲大師感召，以國際佛光會檀講師身分，遊走海內外宣揚人間佛教，天天忙碌是她的養分，別人成長是她的快樂泉源，如今年逾八旬，不改其志，她的弘法人生充滿勇敢、堅毅、智慧與謙虛，足為後進的榜樣，她就是李虹慧老師。

李虹慧出生於日治時代，當時戰亂，生活貧困，她卻很知足，從不言苦，對生養的親人更充滿感恩之心，且受到師長啟蒙，立志成為一位好老師。

果然，李虹慧自師範學校畢業後，從事教職三十餘年，充滿愛心與耐心，春風化雨，教化眾多學子，尤其出錢出力幫助弱勢學生，改變很多孩子的人生。

有一年的教師節，李老師退休後應邀回到母校北投國小，一位年輕老師以她的學生身分獻花，還感激地說：「老師一直實施愛的教育，非常慈悲，她在我心中種下一顆良善的種子，我也會把這些觀念帶給學生。」這不僅是愛的循環，更體現人間佛教三好、四給的精神。

李虹慧在教書生涯中，默默行善，創立愛心福田會，經常到養老院、教養院，關懷孤獨老人、小孩，冥冥之中受到佛菩薩護佑與引導。因為慈嘉法師因緣，開始親近佛法，且聆聽星雲大師講經說法後，深感大師因材施教及無私精神，與她教育理念相符，讓她很感動，從此，追隨大師腳步，開始學佛、行佛，至今近半世紀。

佛光會成立後，李虹慧勇於承擔，認真學習，不僅是松山第一分會創會會長，還成為一位優秀的檀講師，她遵照大師所說「走出去」的精神，不僅在國內社區、學校四處宣講三好、四給等理念，還曾一個人勇敢地搭機到沙巴一個小島上，只為了一場演講。

李虹慧也是位資深心靈輔導專家，《人間福報》創刊後，大師希望她發揮所長寫文章，於是每周在親子關係專欄供稿，長達十年，由於內容精采，「福報文化」還集結出書《陪孩子一起成長》，並分送到學校等教育單位，盼能將她多年經驗與師生分享。

細數李虹慧多年來在佛光山、佛光會的奉獻，以及教育與公益服務，不勝枚舉，如今能夠集結她的行佛心得出書，不僅可以將豐富經驗與心路歷程，提供給更多佛光人效法，最重要的是可以讓星雲大師弘揚人間佛教精神，繼續傳承下去，也圓滿李虹慧心願，其福德豐厚，令人歡喜不已。

自序

點亮心燈——穿越知識邊界

李虹慧

民國四十八年，我從台北市立女子師範學校畢業，回到宜蘭市雷音寺（今蘭陽別院）附近的母校力行國小教書。

教書生涯的第一班是高年級的五、六年級，因當時升初中仍要考試，盡心盡力勉勵他們，師生相處融洽，培養出深厚感情。

畢業後，班長林鋒燦、陳仁傑、蕭進祥等人，定期於每年教師節聚會，迄今，年約七十八歲的他們，仍然彼此關懷，在生命中留下美好的因緣。

任教第三年，我帶四年級學生，其中有一位女孩長得很清秀，笑容滿面，非常可愛，我發覺她有音樂及舞蹈天分素養，經常讚美她！

時隔三十年，有一次在台北道場十三樓等電梯時，偶然相遇，她發自內心的歡喜，喊著「老師！老師！」重現童年時的快樂喜悅模樣，我也喊著「吳素芬！」那時，我才知道她發揮舞蹈專長，曾到美國深造，返國後，任教於台灣藝術大學。

她是吳家最小的寶貝女兒，吳媽媽總在天氣變冷時，會帶件外套，站在教室走廊，等她放學一起回家；忽然下大雨時，吳媽媽會帶著雨傘等，母愛的光輝表露無遺，這也是我生命中的善美因緣。

今生在生命旅程中，處處逢善美好因緣，能在佛光山、佛光會學習，並且參與各項培訓、實踐各項活動，利益社會人群，增進正能量。在星雲大師及長老、法師們指引教導下，學佛、行佛，隨著歲月的增長，點亮心燈，穿越知識邊界。

今年，適逢《人間福報》發行二十五年，感謝福報所成就的因緣，以及所有幫助出書的人。衷心希望本書能為有緣的人，點亮心燈，把握善因緣，實踐「三好、四給、五和」，達到「自心和悅、家庭和順、人我和敬、社會和諧、世界和平」。

目錄

序幕

無私奉獻　成就希望與未來

民國一〇六年（西元二〇一七年）七月二十九日，來自雙北、桃園、基隆、宜蘭等地的六十五位檀講師，齊聚佛光會台北道場八樓國際會議廳，參與國際佛光會北區檀講師讀書聯誼會。

由於颱風影響，有幾位宜蘭的檀講師旅途受阻而無法出席，打亂了原定的流程，聯誼會須在不影響其他講師的既定安排前提下，進行調整。

李虹慧看了看議程，發現洪明郁除了要擔任總召，還須替補無法到場的檀講師進行主題分享，應該會很辛苦，她便挺身而出，表示願分擔缺席講師的發表時間。

檀講師讀書聯誼會的流程，大致為：一位講者分享主題內容，接著由總召簡單說明及心得分享，最後，再由數位檀講師提出感受回饋。

主動請纓　分享生命故事

「今天，我是自告奮勇的，早上看到宜蘭地區有七位老師，因為颱風關係無法與會，其中好幾位是講師，我用同理心感受總召，覺得他可能會在這次議程裡很辛苦，於是主動詢問總召，我可不可以來分享自己的生命故事。」一開場，李虹慧就先說明今天上台的原因。

「小時候，我是讀宜蘭雷音寺附近的力行國小，有位同學後來出家，她就是大家都知道的慈嘉法師。在班上，我是班長，功課第二名，活潑好動，數學不好。慈嘉法師頭腦好，數學成績好，是班上第一名。跟慈嘉法師的因緣，讓我開始親近佛法，走上學佛、行佛之路。」

「之後，我考上公費師範學校，來到台北。普門寺成立後，星雲大師親講《心經》、《六祖壇經》、《金剛經》等經典，我發現，大師以提問啟發理解的說法方式很有創意，還有因材施教、隨機應變的教學方式，與我在學校裡所學的教育原理契合。再加上聽聞說法時，看到幾位法師的板書字非常漂亮，不僅折服，更感受到佛教、佛法是這麼美好。透過觀察深化，我發現雖然進入佛門、置身寺院，法師們仍然持續地接受教育，更加感覺大師對教育，確實具有深遠眼光與目標。當時，普門寺設立了都市佛學院，強調做中學、學中做，從基本儀態進行訓練，我認為，在當時社會中，還沒有哪一個宗教團體有這樣的訓練，因此，更讓我心生歡喜。」

「星雲大師的一句話『走出去』，開啟我不斷努力前進的動力。後來，慈容法師成立了『友愛服務隊』，到老人院服務，參加服務的人，都要放下身段，就如同『學佛拜佛』，要放下身段低頭一樣。在實踐服務的過程中，讓我們培養了慈悲心，彼此之間的心得分享，增進道情，更強化了團體的凝聚力。之後，結合慈悲基金會，開始在關渡浩然養老院提供老人服務，迄今依然持續著。這段期間，有因緣成為松山第一分會創會會長，後來進入總會，有機會與大師開會及學習，秉持大師『走出去』的精神，將佛法帶入社會，幫助長者、中輟生、單親家庭等，以佛法為基礎，體現大師人間佛教的理念。」

「在《佛光菜根譚》中，有一句，『不修行不能度己，不弘法不能度眾』。身為檀講師，弘法必須修持，而修持則要通過戒定慧。守持戒律可以讓人更穩定，佛光會的規章，皆視為戒律。大師說，佛光山與佛光會是鳥之雙翼，尊重僧寶是佛光人應有的態度。大師從不因為信眾有沒有財富供養，而有不同對待。大師曾經不收我的供養，只寫一個『心』字，意為我有供養心即可。因為有大師及佛光山，我才有機會參加弘法利生的工作，成就了今天的李虹慧，也成就了我有顆美好的心靈。所以，我有責任，將善美的人間佛教傳揚給更多人知道，讓更多人因為人間佛教，得以成就更豐盈的人生。」

「大師經常告訴我們，多走出去，多去看，才會有國際觀，走出去，佛光山才有希望。凡走過必留下痕跡，看到在座有很多菁英，各有各的專長，各自發揮專才，最重要的是，我們都要用一顆感恩的心來學習，才不會老化。感謝洪總召精心多元的策畫，讓我們不斷學習成長，更棒的是，我們還有一位檀教師鍾茂松的指導。最後，大師教我們要抓住機會！勇敢走出去！」

師法前輩　勇於直下承擔

李虹慧分享完精采的生命經歷，洪總召即開始暢談自身心得與看法。

「我們的讀書會為什麼都會邀請一些前輩來講演？這句話，我是對你們在場的這些年輕人說的。我並不是要你們挖掘學習這些前輩有什麼演說技巧，而是她們這六十年的歲月和歷練，不是你們可以輕易寫下來的。想想看，她們三十歲的時候，可能還穿著高跟鞋，走路不太輕鬆，但卻仍然緊緊跟著有感召力的人，在人世間奉獻，願意追隨他一起走這條路。她們覺得怎麼會有這麼偉大的一個人，於是願意聽從他，他要她們做什麼就做什麼。在那個年紀，她們早已習以為常的一件事，就叫做『承擔』。後來，大師要她們成立佛光會，要她們辦各種活動，二話不說就去做，這也是『承擔』。在過程中，她們一樣會面對未知的困難、挫折，或是阻礙，但是她們不會懼怕，我在這些前輩身上，看到那分執著，那分對『對的事情』的堅持，最終，她們沒有放棄，而且也成功了，我在她們身上看到那分很清晰、很堅定、很有勇氣的表現。」

「進入佛光會，我的人生愈走愈精采，也是因為受到這些前輩們的感召，希望哪天我們也有這樣的特質，可以來感召一些和我們一樣有熱情的人，加入我們的行列，一起來為社會做事。」

「後來，我找到了這股很重要的力量，那就是『你必須以身作則、你必須身體力行』，你必須看到我們所做的事情，跟前輩所做的事情是一樣的。以善為出發點，處處為別人著想，接著就可以影響一些人加入我們的行列，而這股力量，可以對治現在的混亂社會；這股力量，會讓我們一起創造更美好的世界。讓我們一起向這些前輩學習，好嗎？」

洪總召一說完，立即獲得熱烈掌聲，除了對李虹慧的生命故事充滿敬佩，更感謝她發揮「直下承擔」的精神，主動幫他分擔臨時出現的空檔，讓讀書會的內容更加豐富。

另一位檀講師李秀珍隨後表示：「李虹慧檀講師是一位我們敬愛的長者，從這個事件看到她用同理心，感受洪總召的辛苦，願直下承擔，那分動力真的非常不簡單。早上在群組裡，我們同樣也都看到颱風來臨的消息，大家知道颱風要來，有檀講師沒辦法北上，但沒有什麼特別的感覺，這是一般根器。什麼叫做『利根』？所謂『利根』，就是『立即覺悟，捨我其誰』。什麼是大師的影響力？

在李老師身上，就看到了。有人能影響一千個人走千里路；有人能影響一萬個人走萬里路；有人能影響十萬個人走十萬里路，而李老師已經影響千千萬萬個人。她的故事還寫在大師全集裡，非常了不起，李老師是我們佛光人的典範。」

「李虹慧老師說：『不要忽視自己』，她一輩子都在學大師弘法的心。大師的法，『給』人的心，她非常勇敢。《佛光菜根譚》有一句話：『有智者，千方百計；無智者，千難萬難。』聽完李老師生長的過程，讓我想到大師《人間萬事》裡，有一篇文章叫做《認識自我》，主要是說認識自己的身世、背景、條件環境。我們從李老師身上看到如何逆轉勝，很勇敢地自己做主、翻轉人生。我想跟大家分享很重要的一句話：『去法執，去我執，勇敢做自己。』李老師很簡單地敘述她的生命故事，但我們看到她的故事與大師的精神相呼應。」

因為得知有檀講師無法來到讀書會現場，洪總召臨時邀請李秀珍檀講師來幫忙，因此，他也特別致謝：「一般回饋者，有時間可以先上網查詢講演者的相關背景資料，但秀珍老師是臨時安排的，沒有時間準備，這又讓我們看到前輩直下承擔的精神。我和秀珍老師是在讀書會認識的，深刻印象是在『韓國之旅』，她的精神可以和佛光人融合在一起，沿途可以看到她不斷散發出影響力和魅力。我還發現她有一項特質，就是她很會教小孩子。秀珍老師可以說是教育界的菁英，一直在為培育下一代而努力。」

悲智願行　堅守半個世紀

接著，蔡青樺檀講師發言回饋：「以身作則，身體力行。大師的影響力，在李老師身上呈現。『做自己』、『翻轉人生』，從『簡來好』到『李虹慧』，非常感人的生命故事，李老師是我們學習的典範。」

楊秀梅檀講師則稱道：「道心道行，佛心佛性，令人感佩。翻轉人生，自勵自強。普門寺啟蒙佛學、友愛服務、浩然敬老院帶領念佛、撫慰長者。李老師是『悲智願行』的楷模。借人之智、修善自己。學習最好的別人，表現最好的自己。李老師是我們人生學習最好的榜樣。」

郭貴娟社輔佈教師也回饋：「展現弘法者精神力，給予聽者正能量，勇於承擔、虛心學習、有情有義、始終如一，值得後輩效法學習。」

李虹慧表示，這份北區檀講師讀書聯誼會的紀錄內容，非常珍貴。是由人間通訊社記者周圍輝所撰寫。周圍輝經常跟著李虹慧一起出席講座、也曾經與她一起前往沙巴弘法、執行採訪紀錄。幾年前，周圍輝生病了，暫停出席相關採訪工作。「圍輝的文筆很好，思路很清晰，只要有他在，我都很放心。」李虹慧表示，周圍輝現在很認真進行復健，身體狀況也大有進步，她特別感謝雙方多年來的合作，給她很多幫助，期許未來還要並肩努力。

自從在國父紀念館授證佛光會松一分會會長彩帶後，李虹慧真實感受到，她所擔負起的重責大任。「我很感激大師對我的信任，大師所提倡的人間佛教，是鼓勵將佛法由寺廟帶到社會，由僧眾帶到信眾，讓佛法走入家庭，落實在人間，讓人們在日常生活中，就可以體驗到佛法的美好。」

「弘法是我一生的心願。」李虹慧追隨星雲大師五十多年，加入國際佛光會，傳揚人間佛教，不僅翻轉自己的生命，更幫助無數大眾翻轉他們的人生。學佛之前，李虹慧的人生經歷多變與無常；學佛之後，她明白了「無常、苦空」的真理，也理解到人必須經過憂患，方知「逆增上緣」的可貴；而任何問題來臨時，唯有勇敢面對，才能找出解決方法。

回顧這些辛苦卻又收穫滿滿的日子，彷彿進入時光隧道，讓李虹慧勾起許多回憶，再次為之感動。初入佛光會的她，從摸索開始，學習不斷成長、創新，秉持著星雲大師的理念，以文化、教育、慈悲、共修服務大眾，在這些過程中，有歡喜有感動。佛光會要走的路還很長遠，要做的事還很多，但關懷社會的心永遠不會變，唯有同心協力、再接再厲、放寬眼界，才能集體創造圓滿又利人利己的菩薩行。

「不修行，無以度己；不弘法，無以度眾」。太多的感謝，永遠說不完；太多的感動，更是無法用言語形容；這是一個全然付出、無私奉獻的故事。您，準備好了嗎？從現在開始，讓我們一起認識李虹慧與人間佛教！

第一部

緣起

民國五十六年，星雲大師看到了一片荒山，
大師說：「人不來，佛來就好！」
大師的一生為了佛教而奔波負重，
為眾生開發佛心佛性。
後來，不只是佛來了，
許多眾生都來到這片淨土：佛光山。
李虹慧檀講師，也因大師所堅持的理念而感動，
她與佛法的因緣從佛光山與星雲大師開始，
一路走來，始終無私奉獻。

Chapter 1

堅定信念 淬鍊圓滿人生

李虹慧，是一位國小退休教師，也是佛光會的檀講師。她跟隨著星雲大師學佛、行佛，並且秉持大師所言「走出去」的精神，將佛法帶入社會，幫助了許多年長者、中輟生、單親家庭與受刑人。李虹慧以佛法為基礎，懷抱慈悲心、感恩心，完整體現星雲大師提倡「人間佛教」的理念。

已經八十五歲（民國一一四年）的李虹慧，雙眼閃耀著智慧明亮的眼神，依然神采奕奕，對自己的故事侃侃而談，言談間，所流露出的堅定意念，充分展現出她一路走來的充實生活，早已深深鐫刻在靈魂中。

民國六十一年，李虹慧的養母和婆婆在半年內相繼去世，讓她體會到生老病死的無常，決心開始尋找精神寄託。民國六十七年，時任北投國小教師的李虹慧，由於慈嘉法師的因緣，親近佛法，於是走上了學佛、行佛之路。

民國六十八年，時年三十九歲的李虹慧皈依三寶，並且踏上了來往各地的弘法之路。這一路上，面對許多個案，李虹慧是如何以同理心相待？又如何以慈悲心相互包容呢？這與她從小的生長環境有關。

摯情手足　共度困苦歲月

李虹慧出生於民國二十九年（西元一九四〇年），正值二戰期間（一九三九至一九四五年），當時的台灣被日本統治（一八九五年至一九四五年），受到戰爭影響，物資短缺，統治者與人民都承受著極大壓力。「那時，台灣是務農社會，我們家沒有土地，只能租地，從事農業生產，就是大家所說的『佃農』。」

李虹慧本性「簡」，是家中的第五個孩子，也是最小的一個。由於生母罹患肺結核，加上經濟狀況不佳，她只能喝米湯、米麩。生母在李虹慧滿周歲前即過世，沒有人可以照顧她，於是她被送去二結街上的李姓人家當養女。

台灣光復初期，肺結核猖獗，李虹慧六歲時，養父也因為肺結核過世。養母為了生活選擇改嫁，無法再繼續照顧她，只好把養女送去宜蘭市的養祖父母家。

養祖父母家沒有多餘的房間，李虹慧國小二、三年級時，回到她出生的簡家生活。「印象最深刻的是，每天放學，我會坐在家門口等二哥，二哥放學回家後，就一手牽著我、一手牽著牛，我們兩個一起幫牛洗澡、帶牛吃草和整理菜園。我最難忘也最感動的是，每天睡覺之前，二哥都會放下手邊的事，先講故事給我聽，等我安安穩穩睡著了，他才坐在床邊，利用很微弱的燈光，趕著把學校功課寫完。」

二哥比李虹慧年長五歲，對妹妹疼愛有加，兩人的感情非常好。幾年前，二哥因病過世，在生病期間，他為了爭取更多與家人相處的時光，非常勇敢地對抗病魔，讓李虹慧看到了生命的堅韌。

李虹慧娓娓道來與二哥之間的往事，時而開心，時而難過，但更多的是，對於二哥的思念與感激之情。在訴說的過程中，當日情景彷彿歷歷在目，那是哥哥牽著妹妹，領著一頭牛，開開心心地走在暮光之下的幸福模樣。

成長於戰亂年代，無法祈求生活多麼富裕，只要能平安生存，就是最大的期望。「小時候，我們每天都被大人們耳提面命，只要有軍車經過，一定要記得趕快讓到路邊，頭低低的，讓軍車通過，活命最重要。」

那時的李虹慧，並不知道有「過生日」這件事，甚至連生日是哪天都不知道，直到國小三年級，偶然碰見了接生婆，才知道自己何時出生。「我永遠都不會忘記，在第一次知道生日的那一年，二姊在我生日當天，拉著我衝去當時大街上唯一還在營業的一間麵店，點了一碗麵，她說用麵代替生日蛋糕，幫我唱生日快樂歌，這是我第一次過生日，也是唯一的一次慶生。」

李虹慧不過生日的習慣一直維持到今天，因為生日是母難日，要感謝親恩的偉大。但國小三年級和二姊一起吃的那碗生日麵，卻讓李虹慧永生難忘，也是她與二姊之間最溫暖的記憶。

恩師啟蒙　立志為人師表

李虹慧曾在自傳中描述她的成長經歷：「我出生於民國二十九年五月三十日、宜蘭縣五結鄉學進村簡家，家中務農生活貧困，生母於我周歲時往生，即送李家收養。貧困的環境打磨出我刻苦進取的性格。小學六年級，在恩師李秀梅的啟蒙與鼓勵之下，立志成為老師。蘭陽女中初中畢業後，考上公費的台北女子師範學校*，住宿三年，養成獨立閱讀、多元學習的習慣，並且決心做一位富有教育愛的老師。」

對於兒時的生長環境，李虹慧的敘述非常簡短，她認為，只要擁有「愛」，即使面臨再困難的生活，也都只是過程而已。但是在這段自述當中，我們不只看到了李虹慧對於早年困頓人生的坦然與接納，更多的是知足與感恩。

*註：源自於一八九五年建立的「芝山巖學堂」；一九四五年臺灣光復，稱為「臺灣省立臺北女子師範學校」；一九七九年更名為「臺北市立師範專科學校」；一九八七年升格為「臺北市立師範學院」；二〇〇五年八月一日改為「臺北市立教育大學」。

Chapter 2

投身教職 播撒品格教育種子

宜蘭市力行國小，是李虹慧的母校，擔任她國小六年級導師的李秀梅，是促成她走上教職之路的關鍵人物。「我和秀梅老師的緣分，是從力行國小開始，當時，她剛從台北女子師範學校畢業，分發到力行國小擔任六年級導師，就是我讀的那個班級。」

因為李秀梅的啟蒙與鼓勵，李虹慧了解教育的重要，她立志也要做個老師，把良善品格的種子植入每個孩子心中。

因材施教　耐心面對學生

蘭陽女中初中畢業後，品學兼優的李虹慧，考上了公費的台北女子師範學校，成為李秀梅的學妹。民國四十八年，李虹慧畢業，也跟李秀梅一樣，分發到力行國小教書。

結婚生子後，李虹慧*以家庭為重，配合先生的工作調動，陸續任職花蓮縣新城國小、台北縣（現為新北市）五股國小、下福國小（現已改名為興福國小）、淡水國小等校；民國六十一年，李虹慧進入台北市北投國小，自此開始了為期二十年的低年級導師生活。

「面對國小一、二年級的孩子，擔任導師需要更多耐心，因為

*註：由於生活變動，李虹慧人生各階段的姓名有所不同。出生於簡家，自民國二十九年至四十八年，姓名為簡來好（歷經學進國小、力行國小、蘭陽女中初中部、台北女子師範學校）。就讀台北女子師範學校時，改名為李來好，直至民國六十三年（歷經力行國小、新城國小、五股國小、興福國小、淡水國小、北投國小之教職工作）。民國六十四年，改名為李虹慧至今。

他們剛剛從幼稚園**進入小學，需要時間適應完全不一樣的生活，很多事情得學習自己處理，而不是等著老師幫他們做。然而，每個孩子的個性不一樣，必須用不同方式引導，才能幫助他們盡快適應國小生活。」

李虹慧分享，曾有一個學生，從國小一年級開學第一天起，就堅持一定要爸爸媽媽或奶奶陪著才肯進教室，而且還要在教室裡陪她坐在同一張桌子上課，直到放學再帶她一起回家。剛開始是由爸爸、媽媽、奶奶三人輪流陪伴，後來因為爸爸媽媽要工作，只好由奶奶陪著上課。奶奶為了陪孫女，沒辦法回家做家事，只能坐在課堂上打瞌睡。

「為了這個孩子，我真的是費盡心力、軟硬兼施，但又不能讓她因此更害怕來上學，所以，只能很有耐心地問她：『讓奶奶陪妳

** 註：民國一〇一年一月一日施行幼托整合，將幼稚園及托兒所均改制為幼兒園。

到這個星期就好，下星期開始，妳就自己跟著姊姊來上學，好不好？』聽完我的話，她都是羞怯怯地默不作聲，接著又老是賴皮，一再往後拖延。我也嘗試跟她勾勾手約定，要自己來上課的時間，總算在開學後三個月，她自行上學了。」

李虹慧表示，處理這樣的個案真的只能靠耐心，後來，這個學生升上三年級，即使換了新班級，也不再膽小，而且還能帶著剛入學的妹妹一起上下學，一次都不會忘記。

理解需求　適時提供幫助

李虹慧的班上曾經有個小男生，是自閉症患者，在表達與溝通方面有些困難，為了理解孩子的需求，她還特地找資料並且研讀相關課程，希望能找到正確的方式幫助他。

「我向自閉症專業老師請教，也與學生家長溝通以了解孩子的狀況。上課時會先準備一些小糖果，一旦孩子的情緒有狀況，就先給他一顆糖果，穩定他的情緒。接著，我會陪他到操場走走，有時甚至讓其他老師以為這個學生是我的小孩。」

李虹慧相信，帶到不一樣的孩子，是上天給她的功課，她樂於接受這些考驗，並且一定會盡最大的能力，給予孩子最適切的幫助。

當前的少子化現象，造成學生人數日趨減少，各級學校不只減班，班級人數也少了很多，目前小學一班的學生不到三十人。然而，在以前的年代，一個班有五十個學生可說是家常便飯。擔任導師的李虹慧，每天要與五十個不同性格的孩子相處，若沒有高度的耐心和愛心，想必很難長期堅守在教職崗位。

「可能是我天生就比較有耐心，想理解孩子們內心的真正想法，其實用多一點耐心看待他們的行為，有智慧地解決，會讓你覺得原本很難處理的事，都得到圓滿的結果。」後來，校內其他班級若有比較難帶的學生，老師們也都會請李虹慧幫忙，而這些孩子在升上中高年級之後，還會回到李虹慧的課堂，找她聊天、分享生活呢！

於北投國小服務時，擔任低年級導師的李虹慧與學生合影。（李虹慧提供）

樂於分享 施比受更有福

在學校，每到用餐時間，李虹慧一定會提醒學生們要「感謝父母」、「感謝農夫」，同時教導學生們吃飯要懷抱著感恩的心。

有個學生因為母親生病，家中經濟條件又不好，無法得到完善的照顧，在班上非常沉默、不愛說話。有一次，李虹慧發現這個孩子的便當裡只有白飯，很是心疼，於是跟班上同學說：「大家的爸爸媽媽是不是工作都非常忙碌呀？老師發現有位同學的爸爸媽媽因為太忙了，好像忘記幫他帶菜了耶，有沒有人願意分享自己便當裡的菜給這位同學呢？」

聽了老師的話，全班的孩子都非常樂意分享自己便當裡的菜，可想而知，當天，這個同學的便當菜色一定最為豐富，因為除了菜，還有同學分享給他的「愛」。更重要的是，班上所有孩子都吃得很開心，那是他們親身體會到「施比受更有福」的快樂。

還曾經有個男同學，皮膚白裡透紅、頭髮全白（就是醫學上所

2015 年，在北投國小舉辦「退休老師回娘家」活動中，李虹慧將自己的著作《陪孩子一起成長》一書贈與時任台北市教育局長湯志民。（人間通訊社提供）

說的白化症）。第一年上學時，班上同學紛紛笑他「白毛仔」，那個學生受不了嘲弄，只念了兩個星期就休學了。

隔年，復學的他被分在李虹慧的班上。「除了頭髮全白之外，這個學生在太陽光下是看不見的***，必須有人牽著他走路。所以，在開學時，我就告訴全班同學，我們要一起幫他，班上孩子都發揮愛心，上學放學都有人輪流牽著他的手，玩遊戲

***註：白化症患者對光線異常敏感，多半有畏光現象。

時，也牽著他一起玩。」

李虹慧表示，這個孩子在班上持續受到同學們的細心照顧，再也沒有人會笑他「白毛仔」。全班接納這個需要幫助的同學，展現了李虹慧對於教導孩子擁有同理心與品格教育的堅持。

由於多年來的教學經驗受到肯定，李虹慧應《人間福報》邀請，以「親職教育」、「親子關係」等主題撰寫專欄，每周供稿一篇。

寫專欄，讓李虹慧累積了非常多值得保存的內容，而「福報文化」則將這些專欄文章彙編成書，書名為《陪孩子一起成長》，於民國九十九年六月十八日出版。至今已累積八刷，送了數千本給海內外各級學校與教育單位，讓她的教育理念更廣為人知。

而當時台北市政府教育局所出版的《教育愛》第四輯中，由彭玉如所撰寫的「亮麗人生」，將李虹慧對於學校教育和社會服務的堅持，做了完整的報導。

亮麗人生

閃動著一雙智慧明亮的眼睛，精神充沛，侃侃而談，充分表露出充實光輝的生活層次，這是李虹慧老師給我的感受。

李老師在北投國小服務已有十年，目前擔任低年級級任。

李虹慧老師是虔誠的佛教徒，她的信念是：「施比受更有福」、「積善之家必有餘慶」。她覺得只對自己的學生好還不夠，在民國七十年底，立志從事社會服務工作，於是成立了「愛心福田會」，經常利用周末假日，到育幼院、敬老院等機構慰問，並捐款、捐日用品。首先支持她成立愛心福田會的是她的先生及子女，然後是同事、親戚、同學、朋友等，每月每人自動捐二佰元，經常保持有三十人左右參與這活動。

做了半年後，李虹慧老師發現光是帶錢帶東西去慰問，或帶孤兒們唱歌、跳舞、做活動還不夠，於是在民國七十一年七月，普門寺住持慈容法師發起成立「佛光山普門寺友愛服務隊」，由李虹慧當總幹事。這支隊伍，真的是「純服務」的，他們於假日包車、自備午餐、水桶、抹布、洗衣粉、清潔劑、刷子、消毒水、花露水等，到育幼院、養老院、精神病院、視障院、殘障院等機構打掃、洗門窗、洗廁所、洗床單、被單、蚊帳、尿布，替老人理髮、修指甲、刮鬍子、換洗衣物、縫縫補補，做各種「實質的服務」。他們愉快地邊做邊聊天，一天下來，全院煥然一新，到處清清爽爽，受到服務的人眼前一亮，心裡更是舒坦快慰、滿懷感激。服務的人員滿臉汗水、汗衫濕透。但看看成果，實在是快樂無比，真正享受到「助人為快樂之本」的滋味。

這些工作是李虹慧老師和大家一起完成的，友愛服務隊的成員有太極拳早健隊的夥伴、有青年會的、有金剛會的，經常一個假日出去的都有五、六十人，五、六十雙助人的手、勤勞的手、萬能的手，一天下來的成果真是驚人。李老師想得周到，她說：「這種工作一定要繼續。今年六月分，我們到木柵中興婦孺教養院服務，不巧，碰到木柵區停水，但我們還是不改變初衷，我們決定要到每戶人家要一桶水，結果卻在附近發現了一口井水，問題也就迎刃而解了。所以，我覺得任何困難都一定可以得到解決。」

她又說：「五月分我們是到宜蘭蘭陽仁愛之家，那裡的老人最喜歡我們去了。聽說他們老是在問『台北的那一隊怎麼還不來？』所以我的理想就是，這個極有意義的工作一定要持續下去。」

李老師充分宏揚了佛教「為善最樂」的精神，她的先生現在在台電與達工程處擔任工程師，台電核能一廠及核能二廠的工作也都參與過，工作很辛苦，也常離家在外，但因是為國家做建設工作，有成就感，所以甘之如飴。兩個男孩，一個在東海大學、一個念國中三年級，都拿出自己的壓歲錢支持媽媽的愛心福田會，也參與社會服務工作，全家人一條心，積善之家必有餘慶，讓我們祝福他們。

（原文摘錄自民國七十二年九月二十八日出版《教育愛》第四輯／作者：彭玉如）

適性發展　創造快樂童年

現代父母不好當，不但自身工作忙碌、家務繁雜，還必須撥出時間教導孩子課業、聊聊學校生活。尤其在網路發達的時代，孩子擁有各種管道接觸多元資訊，相對出現的問題就較為複雜，讓父母在教育這件事上，面臨了更多挑戰。

李虹慧表示，「當管教變得困難，許多父母只好自我安慰，只要孩子身體健康、不做壞事就好了！但是在兒童時期，如果受到不適當的管教或挫折，傷害到孩子的心理，所經歷的創傷積壓在他們的潛意識時，日後，一旦發生挫折、壓力、失控的情況，那個曾經被嚇壞的孩童心理就會出現，指使他們做出不成熟的言行舉止，內心的創傷就像瘡疤一樣，不容易癒合。」

對此，李虹慧提出幾點看法，希望能幫助在教養路上遇到困難的家長：

2021 年，過年期間，簡家家族歡聚一堂。後排左起：孫侄簡江恒（現為美國杜克大學博士候選人）、侄兒簡江儒（華梵大學教務長）、長子郭冠麟（龍華科技大學國際交流中心主任）、侄兒簡江丞；中排左起：嫂嫂楊惠美、丈夫郭文仁、侄兒簡江智，以及媳婦、侄媳婦、孫侄女，共 14 人。（李虹慧提供）

2017 年，普門寺含苞讀書會讀《星雲大師全集》之《阿含經》。前排左起：周實寬督導、李虹慧、周圍輝督導；後排左起：劉珍齡講師、曾碧玲、李袖芳督導。（李虹慧提供）

一、父母給孩子最好的教導是從誠實、對得起良心開始，因為這是孩子一生中最重要的學習。

二、責備孩子時，家長的態度和用語，應避免造成親子關係的對立；掌握孩子的心理狀態，是父母很重要的課題。

三、要善於掌握契機，隨時隨地對孩子進行機會教育，有些事必須一再說明，有些事只要說一次就夠了。遇到任何事，應該要先思考當中是否有值得教導孩子的地方，對孩子來說，這個時期的教導最有效果、印象也最為深刻。

四、多一點耐心等待孩子開竅，為孩子提供一個能盡情揮灑的舞台，讓他們適性發展；不要給孩子過多的壓力，除了有助維持和諧親密的親子關係，孩子們也會擁有愉快充實的童年。

民國八十一年，李虹慧退休，為三十三年的教職工作畫上句點，但她仍持續關心學校教育、兒童教育等相關議題。有一年暑假，李虹慧參加教師佛學夏令營，在課堂上與學員們一起探討家庭教育、學校教育、社會教育、宗教教育等問題，結業時，有位老師提出希望能舉辦「父母成長營」，語畢瞬間，掌聲如雷，看得出所有人都對這個提議表示贊同。

「許多人都是在當了父母之後，才發現原來做父母是一生中最艱難的功課，甚至比任何一次考試都難，主要原因在於它沒有標準答案。父母這個身分真的很難為，但是也很快樂，難的是要面對孩子不同時期的叛逆與學習；快樂的是看著孩子們一天天長大，那種成就感無可比擬。」李虹慧表示，當了媽媽之後，她才深刻理解為人父母者只能邊做邊學，做錯了就反省，再修正，跟著孩子一起成長學習。

深諳教育是影響一個人理解是非黑白的關鍵，李虹慧很重視孩子的品格教育，致力於培養孩子的同理心、憐憫心、感恩心，期許他們長成明是非、有品德的大人。

Chapter 3

成為檀講師　分享日常實踐

許多人聽到「佛法」兩個字，第一時間所想到的不外乎「不知道我有沒有慧根」、「佛法應該是很高深的學問」、「我覺得我可能沒辦法理解佛法」，其實佛法並不深奧難近——對家人朋友懷抱著感恩的心、對弱小動物付出慈悲的心，這些都是佛法的實踐。

檀講師制度　開啟在家眾弘法新頁

事實上，我們無時無刻不與佛法的內在精神接觸，也正因為如此，星雲大師認為，佛教應該人間化、現代化，符合時代所需，才能與更多信眾結合，並被一般百姓理解並接納。大師也認為「弘揚佛法，人人有責」，透過在家眾的講學與分享，一般信眾應更能接受佛法是如何存在於日常生活中的。因此，在國際佛光會成立時*，為了讓在家眾能做傳教師，特別在組織章程中明訂「佈教師制度」，也就是所謂的「檀講師」、「檀教師」制度。

什麼是「檀講師」呢？「檀」，在佛教裡是「在家眾」的意思；在家眾過去稱為「齋主」、「施主」，印度話叫做「檀那」，現在則稱為「護法」、「信徒」。以前在佛教界，一般信眾學佛多年，儘管學問、道德、佛法都足以為人師表，但還是只能稱為三寶「弟子」。

民國一〇一年（西元二〇一二年）十月十二日，國際佛光會世界會員代表大會，針對「佛光會檀講師的職責」之議題，進行分組討論、弘法

---

*註：西元一九九二年五月十六日，國際佛光會世界總會於美國洛杉磯成立，之後，陸續於世界各地成立佛光會。

心得分享，禮請佛光山歐洲總住持滿謙法師、永固法師、檀講師趙翠慧聯合主持，現場有六十位檀講師參與聆聽分享，而人間社記者陳璿宇也進行了相關報導。

檀講師如何樹立形象、發揮專業素養

「佛光會檀講師要如何發揮專業的素養，樹立良好的形象，成為佛光會的楷模？」

永固法師表示，「檀講師等同法師，要能夠言行一致，樂說無礙，樂於與人分享，說法者能引經據典，能善用聖言量。檀講師弘法代表的是佛光人、佛光會，說法者的形象，講說時要注意避免讓人當成教授，為弘揚人間佛教，在你的身上，看得到佛光人的發心與承擔，能夠同甘共苦，要說到做到，一起流汗；學習大師精進的精神，準備教材要用心，用行動來說法，因為身教重於言教。」

檀講師趙翠慧講了十二年的瀕臨死亡，以自身經驗分享她從死亡邊緣走過一遭，活過來後發願要用心把信息傳遞出去。檀講師廖素玉認為，每位老師都有個人的人格特質，不要妄自菲薄。接著，討論有關「檀講師能不能收車馬費？」佛光會輔導法師有容法師回應，跨縣市收車馬費，但鐘點費一概不收。

「擔任講師如何自我充實，及保有人間佛教的觀念？」檀講師李虹慧指出，檀講師是一分責任，應與時俱進。佛光山宗委會選出的都是年輕的法師，我們的身體會老化，參加讀書會，不斷地充電學習。「當遇到有其他單位私自邀請前往演講時，自己應如何回應？」「檀講師的教材要如何準備？談談可利用什麼資源，讓自己的演講更豐富？」「身為檀講師如何使自己信心具足？」「檀講師的考核辦法，應增加至少每兩年要參加總會大會活動，或理事會議活動，增加佛光人資訊及資源共享。」

針對以上八條討論項目，檀講師很踴躍發表個人看法與經驗分享。滿謙法師總結時強調，檀講師應有「核心價值，人間佛教；遵行法則，奉行制度；運用教材，勤於講授；發心立願，勤於講授；身教言教，言行一致；資源共享，提供知識；無我無私，經驗傳授；應變能力，做中學習。」

檀講師所到之處廣結善緣，如《華嚴經》云：「我願如日，普照一切。」能自受用令他受用，自歡喜令他歡喜。任重道遠，一起來播撒千千萬萬的種子，令它發芽茁壯。

（原文摘錄自人間通訊社／民國一〇一年十月十二日／記者：陳璿宇）

國際佛光會於民國八十二年（西元一九九三年）十月創立「檀講師」制度，可說是為在家信眾弘揚佛法寫下嶄新的一頁。這項制度創立後，已陸續培育出數百位檀講師。他們在各國宣揚佛法，與大家分享佛法的日常實踐，簡簡單單的一句「感謝」，就落實了佛教所說的「常懷感恩心」。他們也前往監獄教導受刑人，只要懷抱懺悔心，只要真心覺悟，重新為人，永遠不會太遲。

佛光山 2012 年星雲大師與人間佛教學術研討會，在開幕典禮上，禮請佛光山教育院院長慈容法師主持（左四），都監院院長慧傳法師（左五）、叢林學院男眾學部院長慧得法師、叢林學院女眾學部院長永光法師、佛光山傳燈會執行長妙志法師、佛光山文教基金會執行長如常法師列席，及禪學堂、淨業林、文化院法師、佛光會檀講師李虹慧、李秀珍、莊月香、趙淑鏗，佛學院學生等兩百多人參與。（人間通訊社提供）

檀講師們還經常進入企業機構說法，在月會或教育訓練課堂上，帶領各種領域的員工，找回工作熱忱、找到自我價值。透過許多真實故事的分享，社會大眾感受到，原來自以為的一些微不足道小事，對他人來說，有可能是莫大的鼓舞；他們也因為這樣的交流，讓自己得到人生的肯定。

展千手千眼　教學相長廣結善緣

一位好的檀講師，需要長時間學習佛法、理解佛法，將佛學教義內化在心中，然後，再用簡單易懂的方式，讓社會大眾了解到佛法的美好。

李虹慧從教職工作退休後，積極參與佛光會各種活動，當時擔任佛光會松一分會會長的她，曾在自傳中寫到：「記得在國父紀念館授證會長彩帶後，大師召集所有會長，告訴我們：『你們要精進，發願擔任檀講師，做千手千眼觀世音，如擔任北區佛學會考主委，到各分別院、學校推展佛學會考；前往各街道站台，喊出心靈淨化、社會安定，推動慈悲愛心列車等活動』，這些都是菩提願力的啟動，是大師慈悲願心，是眾緣的歡喜成就。」

李虹慧曾經在民國八十二年（西元一九九三年）世界佛學會考中擔任台北考區主委，也特別記錄下自己參與佛學會考工作後的心得與省思。

佛學會考後的省思

佛光山文教基金會本著「大家來讀書，大家讀好書」的文教理念，推動「正信不迷信」的信仰觀，於八月二十二日下午二時，在全球五大洲、六十多個考場同步舉辦「佛光山一九九三年世界佛學會考」。筆者擔任台北考區主委，得在中山國中試場接待各媒體記者，深深感佩記者們敬業精神。

首次參與台北考區各考場之工作，規畫聘請各試場人員，以及相關事務性之協調。「工作即修行」，佛法在生活中、在待人接物中、在協調中，現將參與後之省思，列述於後。

一、佛教徒與佛學會考

佛法是覺悟之法，佛法不離世間法，佛法必須落實在生活中。佛教徒信仰層次之提升，乃佛教界共同的任務，培養正知正見的佛教徒，而非停留在迷信膜拜的層次，佛學會考正是培養佛教徒讀佛書、研究經典，建立正知正見的創舉。它是大眾化，適應個別差異，隨個人自由報考，不分年齡、學佛時間長短，也是破執著的實踐。拋開社會地位、面子問題，老少在同一間教室考試，面對眼前的試卷，瞭解自己的實力，是自我認識、沒有橫的比較。

數萬的佛教徒，在全球五大洲同步會考，您能體會「地球同體，人類共生」的感覺嗎？那不同文字的試題，卻是同樣的問題，佛教徒在同體共生中，人類和平共存的日子，期待更多的佛教徒來實現。

二、佛光會員與佛學會考

國際佛光總會會長星雲大師鼓勵會員應具備世界觀，人間性、慈悲心、正覺智的性格；這次會考，會員們實踐推動佛法研究，支持佛教文教事業，擴大教化社會功能，讓在家信眾擁有更多智慧與力量的機會。更實現從寺廟到社會，「教室即寺廟」，佛教深入社會，人人可參加佛學會考；深入家庭，全家大小一起考；深入人心，讓佛法的慈悲，智慧洗淨人心；洗滌社會的汙亂，重振社會的精神力量。

佛光會員的凝聚力表現在工作中：事前的規畫與籌備，盡心盡力；清掃塵埃滿布的暑期教室，縫製上百條的抹布，廢物利用，每張考桌、椅子都注入佛光會員的愛心與耐心；戴著口罩打掃，任那飛塵飄落於頭髮上，滿頭滿身的汗，心中卻流著喜悅的暖流；他們當中有的是公司老闆，有的是兒孫滿堂的祖母，有的是家庭支柱，大家不分身分、年齡，有的媽媽還帶著兒女一起來服務，親子關係在此融合著。

身教重於言教，當一間一間教室完成清潔，可以讓考生舒適地考試時，無怨無悔，實踐「四大菩薩是我們的楷模」。他們是傻？是呆？我深深敬愛默默工作的佛光會員們，他們是菩薩行者，令我尊敬與學習。

三、教師與佛學會考

我在教育界服務三十多年，此次幸能參與工作，承近百位教育夥伴們的熱心參與，擔任考務工作，發揮「給人信心、給人歡喜、給人希望、給人方便」的菩薩精神，每位參與的教師均「心甘情願」，也認為是「難遭難遇」，大家一致肯定佛學會考具有淨化社會、增進親職教育、培養書香社會，幫助學校教育的推展，並希望有機會再參加這種有創意的佛學會考。

終身教育已成為現代人生涯規畫的重要理念。許許多多的人學佛、信佛、研讀佛書，以提升心靈的內涵，變化氣質，瞭解自己及自我實現。佛法融合教育與輔導，我們期待更多的教育夥伴來參與研讀佛書、薰習佛法，從知識的領域提升到智慧的領域；從理論的學理提升到實踐的行者，「知行合一」，「解行並重」。

學佛法是終身教育的重要課程，是取之不盡的精神食糧，佛法滋潤人生，教師把慈悲喜捨；把布施、愛語、利行、同事與教育理念、輔導原理相融合，應用在教學中，則我們的下一代有福報。在教育愛的滋潤裡，培育出來的學生，一定是有愛心，重視倫理道德，尊重社會規範，心胸開闊、腳踏實地，具有民主法治精神的國民。

四、青少年與佛學會考

「學佛的孩子，不會變壞」。青少年時期是一生中很重要的學習及成長階段；社會環境的變動性愈大，愈多文化愈複雜，青少年的調適困難愈多。他們有許多困難要去克服、許多迷惑要去釐清，他們需要瞭解自己，也需要別人瞭解他們。佛法可以協助他們解決內心的迷惑，幫助他們認清自己，讓他們開發自己的潛能，在佛法的滋潤下，展開希望的前程，參加佛學會考，亦是考驗自己的好策略。

看他們聚精會神地考前衝刺，以及埋頭凝神地作答，祝禱所有青少年，追尋到有力的靠岸，則家庭祥和、社會安寧。

五、老人與佛學會考

儘管人無法不老，卻不必變老；因為我們學習佛法而繼續成長，工作不是生命的全部，生命中比工作更重要、更有價值的是瞭解自己，以致瞭解生命的真相。生活不在於你做過什麼，而是在於你正在做什麼；今天，我參加世界佛學會考，那是我正在做的事情。那是我生活中依靠的精神食糧——佛法。

（李虹慧於民國八十二年八月撰文）

2017 年 10 月，參訪日本本栖寺大雄寶殿，全團 33 人合影留念。（李虹慧提供）

2017 年，普門寺監寺覺方法師帶領般若讀書會及信眾，參訪日本本栖寺，學穿和服、茶道禮儀，大家合影留下歡樂回憶。（李虹慧提供）

普門寺般若讀書會 10 位同學合影，左起：洪宜嫻、蕭月里、楊麗怡、莊阿珠、周實寬、李虹慧、許秀琴、黃麗華、鄭淑慎。（李虹慧提供）

2024 年，松一分會幹部聯誼聚會，後排左起：陳金女、鄭蘭英、陳敏慧、許光耀、聶彩珠、黃爾琪、鄭婉齡督導。前排左起：胡許寶珠、范麗花、李虹慧督導、林美華督導、鄭秀勤、周麗真。（李虹慧提供）

第二部 精進

星雲大師的弘法之路，始於民國四十二年，
民國五十六年，創建佛光山，
如今全球道場近三百處。
在跟隨大師學佛行佛的過程中，
李虹慧深刻體會佛學的力量。
每個生活細節，都是人間佛教的實踐。
就如大師所言：
「只要有陽光普照的地方，就有佛光人。」

Chapter 4

追隨大師　成就心靈美好

自從加入國際佛光會，李虹慧追隨星雲大師推動「人間佛教」五十多年，不僅滋養自己的生命，也幫助許多人翻轉他們的人生。「我們何其有幸，在佛光山、佛光會學習成長，並且安住身心。」對佛光山、對星雲大師，李虹慧永懷感恩心。

展現活力　開創精采人生

「星雲大師是繼往開來，人間佛教的推動者。」李虹慧讚揚大師一生堅持，他所說、所寫的佛法，一定是讓人能了解、能實踐且能有所受益的。李虹慧曾經在民國一〇一年（西元二〇一二年）三月十一日舉行的福慧講座上，以「開啟人生的智慧——談珍惜生命」為主題開講，當中引述大師對於生命的開示：「生命要展現出活力，才能有更精采的人生。」

李虹慧闡述「開啟人生的智慧——談珍惜生命」

三月十一日下午，佛光山福慧家園「福慧講座」以「開啟人生的智慧——談珍惜生命」為主題，禮請國際佛光會檀講師李虹慧講演。來自各地的佛光人近一百位參加，聆聽她暢談如何開啟人生的智慧、如何珍惜生命讓它發光發熱。這一場與生命的對話，開啟大眾的心靈視窗，有如享用智慧的饗宴。

她談到「生命不是出生以後才有，也不是死亡就算結束；生命是無始無終。」生命要用「活動、活力、活用」，來跟大眾建立相互的關係。活力是旺盛生命力的表徵，人的生命要展現出活力，不論做任何事情，都要用上「活力」，才可以活出精采的人生，強調「把握當下因緣、直下承擔」，讓生命活出光與熱。讓這一期生命中的「福、慧」都能增長。

要如何培養生活中的「活力」？李虹慧說，要過正常有規律的生活，保持愉悅心情，才能與人有良好互動；思想要積極，凡事都要做好準備，做人要活到老學到老；同時鼓勵大家平時要撥出時間，多參與佛光會活動、常出來做義工。與人互動中，不僅可培養活力，還可以獲得友誼，當遇到人生困境時，彼此就能相互鼓勵、相互扶持。同時，思惟周遭朋友都是我們的「助緣」，每一個「助緣」都是善緣，可以幫助我們成長。最後，則是要有正確信仰，大師曾說「信仰是最重要的寶藏」，而信仰來自人性本能。信仰要有正信，要相信有因有果、有業有報、有凡有聖、有前世及今生。

李虹慧告訴與會聽眾，大音樂家莫札特六歲時就能作曲，他的能力應該不是今生學來的，而是在過去就已有的能力。所以勉勵大家平時要「行三好」，在我們腦海中種下好的因子，「身、口、意」清淨了，不僅來世好，現世也可以很好。所以常來福慧家園共修就能平安吉祥，如福慧家園門口，大師所題的對聯「福慧雙修人人有望，家園平安個

2014 年，佛光山民權分會會員大會在佛光山普門寺舉辦，邀請李虹慧檀講師以「現代佛教創新改革的大師」為講題，宣揚人間佛教理念。（人間通訊社提供）

個都能」。

她又談到慈容法師有一回如何幫助一位想自殺的信徒，走出心靈的困境，救了這位信徒的一生及家庭。她告訴大家，「道場是心靈的加油站，是受苦眾生依靠處，道場住持、法師是心靈輔導師，是觀世音救苦菩薩，是聞聲救苦的行者，是慈悲加智慧的實踐者。」進一步分享案例探討，助人者應具有接納、同理、了解、紓解、轉移、正向等建設能力。要想具備這樣助人的能力，就要多學習，有因緣時就要多聞薰習佛法。

來自彰化北斗分會的陳祝芬、陳幸雅兩姊妹表示，講師講演方式生動活潑，善譬易解，其中舉例「黃庭堅夢中走到老嫗家門口吃芹菜麵的故事」，印象深刻感動。從講師分享如何用愛、關懷、包容態度，對待學習力較低的學童，可以感受到她很陽光、有愛心，是一位「愛的使者」。

李虹慧也準備了自己的著作《陪孩子一起成長》，與大眾結緣。結束後，大家紛紛請老師簽名留念，有一位年長的信眾，說要把這本法寶帶回去送給媳婦參考。一場「愛與慈悲」的饗宴，已悄然在大家心中，播下慈悲與智慧的種子。

（摘錄自人間通訊社／民國一〇一年三月十三日／記者：周圍輝）

媽媽夏令營　既有趣又收穫滿滿

李虹慧也分享她參加佛光別院*首次舉辦「媽媽夏令營」的過程，充滿樂趣又收穫豐碩。當慣了「媽媽」，突然之間要大家像小學生一樣，聽著「起立」、「問訊」、「坐下」的指令，過起「學生」生活，讓每個媽媽都覺得新鮮又有趣。李虹慧表示，在夏令營當中，不只是單純聽課，還學到佛門行儀、唱佛光山之歌、念佛光山繞口

*註：佛光別院位於台北市松江路一小坪數之空間，為普門寺之前身。幾年後，當民權東路普門寺建置完成後，才遷到普門寺共修。當時，李虹慧仍在教書，會利用假日去佛光別院共修聽講。

令，參與的媽媽們全都笑容滿面、打成一片，原來學佛可以這麼快樂！為此，她特別撰文記錄參與活動的點滴與感想。

參加媽媽夏令營有感

懷著好奇與盼望的心情，參加由佛光別院首次創辦的「媽媽夏令營」，學員中有的「是媽媽又是太太」，有的「是婆婆又是祖母」，有的聽不懂國語，有的聽不清楚「台語」，但是大家相聚樂陶陶，只是苦了教授師父們，要用七成台語、三成國語講課，真可說是趣味叢生。

開營典禮時，莊嚴的法師們列坐於前，使我由衷地挺起腰坐正；營主任——和藹而莊嚴的慈容法師，告訴學員們：要以「懺悔心」來健全自己，然後影響他人；以「敬愛心」處理家務，待人接物；以「慈悲心」服務大眾；以「信心」護持佛法。又告訴我們，經典上說：一個家庭主婦要行五善。一、早睡早起。二、受罵不懷恨。三、心忠於丈夫。四、願與丈夫百年好合，終身侍候。五、負起家庭的大樑。夏令營就在慈容師出廣長舌的開示中，掀起序幕。

「家庭醫療法」由胡秀卿老師教授，她說：「人在天地之間，唯人能上達天、下達地；心力可踏遍三千大千世界；拓大你的心，就是拓大你的身。」生病有外因、內因、飲食過度、勞役過度等四個原因。教我們養生之道有二：一、靜坐拜佛。二、學打太極拳。靜坐是心動身靜，達到動靜如一；拜佛是心定身動，由一動一靜，達到動靜如一；打太極拳也一樣，心無雜念，動靜如一，產生身心最高境界。我很高興，拜佛、靜坐、打太極拳，是我天天要做的事，也領會其中心無雜念，動靜如一之快樂。但必須在天時地利（良好環境）之情況下，沒有吵雜聲中才行，自己定力不夠也。

「梵唄」在宗培法師（即今依培法師）莊嚴悅耳的聲音中唱出，使人深深讚歎，還沒親近佛光別院的師父們時，我不知「梵唄」與「佛教聖歌」這麼引人喜歡，從內心深處，導引我學習「佛」學「佛」

法。每個學員，都陶樂於「美妙」的歌聲中。

「學佛行誼」在依恒法師有條有理的講解中，學習並檢討自己以前犯上的失「態」，這是最易犯錯的地方；上過這節課後，我當謹記於懷，肅然行「正」。

「佛教實踐法」，在慧明法師幽默輕鬆的口氣中，侃侃而談，「如是因，如是果，用歡喜心感應極樂」、「知己過錯是慧，知錯能改是福」，要多結善緣——隨心、隨喜、隨掌、隨眼。遇逆境要用智慧去「化開」，用「感恩心」去揭開。還要固定做功德，如放生、布施等。

「佛法概論」由佛光山當家的慈惠法師講授，慈惠法師有學者的風度，慈悲的心腸，佛法在她口中深入淺出，引人入勝，絕對沒有人閉眼點頭夢周公，講堂座無虛席，學院的學生三三五五在走廊上旁聽；「十二因緣」、「八正道」講得絲絲入扣，個個法喜充滿、獲益無窮。

能參加這次夏令營，使我領會「佛法」之偉大，師父們實踐菩薩道的精神，令我感激、感動。「活到老、學到老」，相信這是初步的學習，祈望以後還有機會接受，浸受在佛法的領域中。

「感謝」再「感謝」佛光山的師父們，慈悲地引導，引導我們這群走進人生淨土中。

「感謝」再「感謝」佛光山的師父們，個個和藹可敬（親），使我們衷心敬愛，學「佛」之心增強。

最偉大的是我們的大師，以「無我」的精神，建立這輝煌的殿宇，利益社會，淨化社會，貢獻國家。

（李虹慧於民國六十九年八月撰文）

Chapter 5

關懷弱勢 傳遞愛與溫暖

「勿因善小而不為」，是李虹慧堅持的信念。她認為，如果我們有能力，就應該伸出援手，去幫助每個需要幫助的人，無關名聲、無關私利，這才是佛法所說真正的奉獻。

無私奉獻 創愛心福田會

民國七十年十二月，李虹慧發起「愛心福田會」，希望擴大幫助對象，並且長期從事慈善愛心服務。「當時，我在北投國小教書，任教期間，看到許多個案需要協助，但只靠我一人，無法讓大家都得到幫助，團結力量大，因此，我發起了愛心福田會。」李虹慧表示，愛心福田會沒有雄厚的資金，全由老師和社會人士自由樂捐；也沒有大肆宣傳，大家都是自動自發貢獻力量，盡己所能、無私奉獻，這是「愛心福田會」成立的初衷。

與一般慈善團體不同的是，針對特殊個案，愛心福田會採取固定捐助，直到個案有能力自行負擔生計為止。他們也配合北投區公所的社會福利中心，支援急難救助。不只出錢，成員們也出力，在假日時跋山涉水、四處奔波，走訪各個慈善機構提供義務服務，把愛散播到每個角落。「我們去過養老院、育幼院、精神病院、盲啞學校，每位愛心福田會的成員，都是利用假期，自費前去義務服務，大家平日堅守工作崗位，犧牲自己的假期回饋社會，真的讓我既感謝又感動。」

李虹慧曾經配合學校社會課教學，與其他老師一起帶領小朋友拜訪育幼院。小朋友們準備牙刷、米、毛巾等，到育幼院分送給院童。「讓我印象深刻的是，院童們是自己手洗衣服，但一般洗手台的高度是給大人用的，所以，他們必須先在洗手台前擺張小凳子，踩上凳子後，才搆得到水龍頭。看到院童站在凳子上，放好洗衣板，開始手洗衣服，這個畫面讓我非常心疼。對一般孩子來說，這些事都是爸爸媽媽會做好的，他們想像不到，原來有需要自己洗衣服的小孩。這些在課堂上看不到也學不到的經驗，一定要讓孩子親眼所見，才更有感覺。」李虹慧分享，許多同學看到院童手洗衣服，都不禁露出驚訝的表情。這樣的活動，不僅能讓孩子體會「給予」和「分享」的快樂，也能感受自己擁有的「幸福」與「滿足」，進而對父母充滿「感恩之心」。

李虹慧表示，成立「愛心福田會」，是希望集合眾人的力量，幫助更多有需要的人，也讓大家更重視弱勢團體，多關懷周遭人事物，讓那些處於困苦絕望的人，有機會重新尋回光明。儘管「愛心福田會」的成員都低調行善，但還是有媒體看到了李虹慧與愛心福田會的付出與努力，經由報導，讓大家了解這群成員的無私奉獻，也期盼更多人參與，有錢出錢、有力出力，打造一個更有愛的社會。

《佛教文化》雜誌曾於民國七十九年元月號刊載李虹慧的專訪內容，對於她，有著這樣的描述：「動中有靜，靜中有動，眉宇之間流露真情的李虹慧，正是『愛心福田會』的創辦人。民國六十一年，李虹慧的養母和婆婆相繼去世，使她體會到人生生老病死的無常，而決心尋找精神寄託。民國六十八年，李虹慧皈依佛法，開始了布施的工作。從周遭的家人、親友、同學開始，抱著一顆回饋社會的心，跟隨著普門寺友愛服務隊及其他團體，走遍敬老院、育幼院、殘障院、精神病院，帶著一股入世關懷的赤誠，義務幫助他們。」

「愛心福田會沒有響徹雲霄的大聲疾呼，會員們只是平靜、盡己本分地去做，每個人堅守自己的工作崗位，行有餘力再回饋社會，或者捐一點錢，或者撥出一點時間，心甘情願奉獻一己之力。為了將有限的基金做最大的運用，他們採取一年結帳一次的方式，很多時候還自掏腰包。對於基金的應用，會員們都是互相信任，希望將基金送至每一個需要幫助的人手上。」

在該篇報導中特別提到，「愛心福田會的成立是個起點，希望藉著拋磚引玉的方式，提醒大家，多關懷周遭環境，使那些生活在黑暗、絕望、困苦的人，重新尋回生命的春天和光明。一顆石頭丟在池中，它的漣漪是一圈圈擴大的。幫助他人，並不是希望獲得回報，而是希望有朝一日，他們也能將愛傳遞下去，使得人間處處有溫情。這是一條漫長的路，雖然艱辛，但絕不孤寂，一個人、兩個人、一群人，慢慢走，持之以恆地走，一定能走出一條寬廣綿延的大道。」

訪談結束前，李虹慧語重心長地說：「冷漠，往往使得人與人之間築起了一道高牆，唯有彼此關懷，才能溶解人與人之間的疏離，改善社會，追求更高更遠的幸福。我們若常本著慈悲柔和的心，廣結善緣，念茲在茲，身體力行，以源源不竭的真善美精神，滋潤苦難的人間，相信必能成就美好的人間淨土。」

友愛服務　人人放下身段

為了發揮互助互愛的精神，民國七十一年七月，慈容法師推動成立「友愛服務隊」。這個團隊定期安排時間到慈善機構，關懷孤苦無依的老人、行動不便的殘障者，服務內容包括：居住環境清理、打掃、清洗門窗、洗廁所、洗床單被單；為老人及殘障者盥洗、理髮、刮鬍子、修剪指甲、縫補衣服、增添日用品，並教他們念佛修行，蘭陽仁愛之家、樂生療養院等，都是友愛服務隊常去的地方。

當時，李虹慧被指派擔任佛光山普門寺友愛服務隊的領隊，每個月要規畫到各個慈善機構的服務，雖然辛苦，卻是很好的學習。

「每次我們出去服務都是一兩部遊覽車，大家自備午餐、水桶、抹布、洗衣粉。參加友愛服務隊的人，包括學佛的師姐和青年，還有很多富太太，但不管你在社會上是什麼角色、擔任什麼職務、有沒有做過家事、有沒有洗過廁所，在友愛服務隊裡，每個人都必須放

在第一屆「金奉獎」中，獲得「終身奉獻獎」的李虹慧表示，星雲大師鼓勵她用愛心關懷社會，自此她走遍台北縣市各社福機構，努力將佛光人精神延伸到各角落。（人間通訊社提供）

下身段，忍受髒亂異味，幫院所裡的老人洗夜壺、清理環境，沒有任何分別。」李虹慧表示，這其實跟學佛拜佛一樣，低頭、放下身段，奉獻自我，為他人服務，這就是佛法的慈悲心與感恩心，如同大師對於人間佛教的比喻和實踐，這些道理都是相通的。

「我們這一隊經常去蘭陽仁愛之家，我最開心也最感動的，就是聽到機構人員跟我說，院所裡的老人都一直問，『你們什麼時候還要再來？』這表示我們的付出得到了回饋，他們開心、滿足，就是我們最高興的事。」李虹慧帶領著友愛服務隊，除了幫忙打掃環境，還會透過唱唱跳跳、有獎徵答、贈送小禮物等活動，讓參與者的笑聲不斷，歡樂竟日。

除了台灣，海外地區也相繼成立友愛服務隊，讓佛光普照到各地。「我覺得大家發心一起做善事，非常快樂，每次當活動結束後，我們都會在遊覽車上討論，看看這次的活動哪裡做得好、哪裡做得不夠，做得好的給予讚美，做得不夠的給予鼓勵，這讓友愛服務隊的成員們建立更深厚的感情，不只培養了慈悲心，也強化了團體的凝聚力。」

敬老院成立佛堂　撫慰長者心靈

民國七十八年，李虹慧開始了台北市社會局浩然敬老院的關懷工作，協助院方成立佛堂，帶領老人念佛，撫慰年長者孤獨的心靈，因此，獲得了第一屆「金奉獎」的「終身奉獻獎」，將佛光人的精神延伸到各個角落。

北市金奉獎 佛光人獲頒五獎項

社會服務表揚也可以像金馬獎一樣奔騰，也可以像金鐘獎一樣響亮，為了表揚團體義工對老人安養長期投入的關懷照顧，台北市社會局浩然敬老院昨日下午在台北市中山堂舉行第一屆「金奉獎」頒獎典禮，國際佛光會在本屆共獲得五個獎項，其中，李虹慧更拿下終身奉獻獎。金奉獎，依照義工團體服務性質成果設立十二個獎項，主辦單位希望透過頒獎，讓大眾知道長者關懷不是片面的噓寒問暖，也需要方法和技巧，有別於一般社福團體表揚大會，除了有義工團體和敬老院長者的表演之外，敬老院將頒獎典禮比照金馬獎、金鐘獎、金曲獎等晚會辦理，除了播放入圍者的VCR，還有星光大道和得獎感言，得獎團體和大家分享服務技巧，讓整場晚會更添溫馨氣氛。佛光會獲第一屆金奉獎的有大安第一分會獲最佳服務技巧獎、大安第三分會獲最佳感動獎、佛光心靈專線獲最佳關懷個人獎、普門寺友愛服務隊獲活動帶動獎及李虹慧獲終身奉獻獎；此外，還有最佳奉獻家庭獎、最佳社團獎、最佳慈愛獎、最佳創意獎、最佳方案獎、最佳企畫獎、特殊貢獻獎等。

從浩然敬老院成立之初就在院內服務的李虹慧表示，二十年前受到佛光山開山星雲大師開示，鼓勵她走向慈善工作，用愛心關懷社會，自此她走遍台北縣市各大城鎮敬老院、育幼院、療養院等機構，為的就是將佛光人的精神延伸到各角落。在浩然敬老院服務二十年，看著生老病死的過程讓她的生命成長不少，在她的努力之下，敬老院成立宗教中心，她告訴老人家，只要心中有愛，無論是佛祖還是上帝，都會眷顧大家，因為愛無國界。昨天的頒獎典禮，她特地帶媳婦出席，希望未來能將服務的心傳承下去。代表普門寺友愛服務隊上台領獎的大同第二分會督導邱永明說，星雲大師常說佛光人要給人歡喜、希望、信心和快樂，佛光人長期以來也秉持此一信念為社會服務貢獻，他更對現場所有入圍團體表達最高致意：「如果沒有這麼多綠葉，也無法襯出佛光會這朵紅花，所有義工團體的努力都值得肯定。」

（摘錄自人間福報／民國九十五年十二月四日／記者：黃映禎）

李虹慧表示，「原本，浩然敬老院是沒有佛堂的。有一次，我去舉辦活動時，看到一位老人在走廊哭泣，關懷之後，得知這位老人剛到院第六天，還不習慣，一時情緒湧上心頭。當時，浩然敬老院正在加建工程，於是我主動要求成立一間佛堂，佛堂內的陳設由我及家人親友共同發心，我願意帶領他們在佛堂內共修、念佛、講說佛法。」李虹慧表示，許多人害怕自己「變老」，但「老」是人生必走的一條路。如何健康的老、快樂的老、自信的老，對所有人來說，都是非常重要的事，尤其是敬老院的老人們。「我發現，照顧老人，其實要先照顧好他們的心靈。當執著放開、內心開闊了，

李虹慧用佛言佛語做為歌詞，配上大家耳熟能詳的旋律，領著長輩們一起歡唱，幫助他們找回年輕時的熱情與活力。（人間通訊社提供）

就會享受當下的生活，只要心情愉悅、不再悶悶不樂，健康也就跟著來。」

每逢周二，李虹慧都會在浩然敬老院舉辦念佛共修會。她認為，老人需要心靈上的寄託，帶著院內老人參與讀書會，在佛堂內靜心念佛、放鬆分享讀書心得，如此舒服自在的空間，可以幫助他們的心更平靜。「大部分人對於自己邁入老年生活的接受度仍舊不高，他們常認為『老了就沒用了』，敬老院的老人們更是如此；透過政府的協助，院內的物資毋須擔心，但如何幫助他們獲得心靈安慰，獲得更多的愛與關懷，才是最重要的。」在浩然敬老院，李虹慧除了實體的照顧服務，她還帶動唱，用佛言佛語做為歌詞，配上大家耳熟能詳的旋律，領著長輩們一起歡唱，讓大家輕鬆念佛、琅琅上口，幫助他們找回年輕時的熱情與活力，她自己也感到身心輕鬆，盡情享受在浩然敬老院的「銀髮生活」。

參加即成長　參與即學習

佛光菜根譚云：「不修行無以度己，不弘法無以度人」，不論度己或度人，李虹慧老師的生涯，一直都是循著學佛與教育的歷程而走，不論退休前或退休後，都充分展現出積極、入世的生命活力。

民國六十七年（西元一九七八年），皈依星雲大師後，李虹慧經常聽聞大師講經說法，並把佛法及修行融入在生活和教育裡。曾任三十多年國小老師的她，在面對活潑頑皮的國小學生，除了愛心，更強調自我的內心功夫；尤其薰習佛法後，李虹慧最希望能去除瞋念。當時，學佛憑藉的是一股勇猛精進的心，學生不乖時，她都要求自己要心平氣和地處理，偶爾起了瞋念，她就當天反省，並做紀錄，甚至半夜裡還罰自己跪香。

除了對學生實施愛的教育之外，李虹慧在學校還發起「愛心福田會」，來協助家庭有變故的學生，將愛擴展到全校學生，她的「愛布施」，於民國七十二年榮獲台北市教育局「教育愛」的表揚。學佛多年的她，從不記得這些受助學生，或是接受他們的饋禮，因為她認為，愛是不求回報的，如此才能無牽無掛、自由自在。

而在校外，李虹慧則是參加普門寺的「友愛服務隊」，積極地到敬老院、育幼院、殘障院、痲瘋病院，精神病院等地方服務。最令她印象深刻的是，有次到宜蘭仁愛之家參訪，她第一次幫這些老人清洗夜壺，那難聞的臭味刺激著她，一個人唯有藉由佛法的薰陶及滋潤，才能夠真正放下身段去為人服務。

民國七十七年（西元一九八八年），李虹慧因協助關渡浩然敬老院設立佛堂後，就一直帶領他們念佛共修，至今已有十年，前陣子該院發生老人凶殺案，李虹慧相當地感慨，她認為如果每個家庭的成員都是父慈子孝、兄友弟恭、祥和安樂，社會自然也會是一片祥和歡喜。因此，她決定退休後要朝著社會教育和親子教育的領域發展。

（摘錄自普門雜誌／民國八十八年九月一日／作者：江淑卿）

2015 年，松四讀書會聯誼，後排左起：趙怡欣、郭庭蕙督導、葉羅菊蘭、蔡林千惠、陳秀珠、張雪卿督導、程淑梅督導、陳麗文。前排左起：劉少玉、李虹慧、王聰結督導。（蔡淑貞提供）

2015 年，佛光會松四讀書會聯誼，李虹慧（前排中）與張雪卿督導（後排左）、劉少玉會員（前排左）、程淑梅會長（前排右）及王聰結督導（後排右）合影。（李虹慧提供）

Chapter 6

集體創作 在參與中成長

「在參加中修行，在參與中成長」，是李虹慧加入佛光會最珍貴的收穫。學佛之後，她明白了「無常、苦空」的真理；了解人必須經過憂患，方知「逆增上緣」的可貴；當問題來臨時，勇敢面對，想出解決方法，則「煩惱即菩提」。

全心投入 學習各項專長

佛光會有如一座國際大舞台，李虹慧因緣際會參與了佛光會的事務，從活動籌畫到執行，擔任過各種角色，也學到許多不同領域的智能，並且透過集體討論、研究、實踐，更深刻了解星雲大師推動人間佛教的理念，促成她發願追隨、弘法佈教。

在《星雲大師全集》中，曾刊載一篇李虹慧緬懷大師的文章「傳揚人間佛教，成就豐盈人生」，感恩大師對她的影響和幫助。幾年後，李虹慧將自己當年與大師共事時所發生的小故事，撰文增補在該篇文章內，刊登於《人間福報》網站，更讓人感動於大師影響所有弟子至深至遠之處。

傳揚人間佛教　成就豐盈人生

四十年前，在普門寺聽大師講《金剛經》時，曾請示大師「平日要如何做，才能做到平等呢？」大師舉例說，「我出國回來，身上只帶五份禮物，眼前有八位弟子，按『律』先給五位，另三位等以後再給。」這啟發了，明白佛法在生活中，是自在，是和悅。

在國父紀念館講演時期，有一年講演後回到普門寺，大師集合參加的眾弟子們集會檢討，我提出在國家殿堂演講，很莊嚴、很難得，但仍有少數聽眾亂丟垃圾，請大師提醒。第二晚在結束時，大師不忘提醒大眾，當時我內心很感動，更尊敬大師的細心及用心。

那年，慈容法師調派美國西來寺當住持，及擔任國際佛光會世界總會祕書長；而二月初，要舉辦禪淨共修法會，大師親自主持籌備會，何其有幸，有因緣與各道場法師們一起開會。會中我舉手發問：「大師，每年大型活動均由慈容法師籌畫、執行。現在慈容法師不在台灣，怎麼辦呢？」大師指著我說：「你錯了，慈惠法師也常舉辦大型活動。」

當時我合掌坐下，自我反省，懺悔自己對人對事的慣性、習性仍在。會議中討論到使用什麼飲料時，我又舉手，提議用「大悲咒水」。大師回說：「很好，就用大悲咒水。」這是我在眾多分別院住持、當家參與中，領悟到大師「平等」教導弟子的方法，內心由衷感動及禮敬。

創立《人間福報》時，大師對我說：「你去寫報導。」我思惟後，寫親職教育、親子關係，用問題集的方式，提供每周一的專欄，這些文章後來結集出版《陪孩子一起成長》，迄今已到八刷，共二萬三千本。為實踐大師的教導，我將此書給有緣的各級學校輔導室、老師們、家長及愛心媽媽，乃至佛光山各道場義工、佛光會有緣的幹部及會員，還有佛光兒童祝福禮等；我到新加坡、馬來西亞新山、沙巴、斗湖去演講時，也將此書帶去結緣；還有佛光會在全世界各協會的輔導法師、幹部，舉凡有緣者都與之結緣。大師的「一句話」，影響弟子很深很大，始終感恩於心。

在《星雲大師全集》的《百年佛緣．社緣篇．素齋談禪的意義》，大師提到：「記得台北道場在西元一九九四年，前後一年，共舉行兩百多場素齋談禪。」「還有一次的『素齋談禪』，也是我弘法事業中非常值得留下紀錄的創舉。由李虹慧檀講師召集，共五十多位教育界人士一起參加，那一次的聚會儼然是一次小型的教育會議，成員包括台北縣市各國中、小學的校長、主任、教師等，能夠和這麼多位教育工作者聚集在一起談禪論道，實在不容易。尤其會中大家對國際佛光會當時正在推動的『淨化人心七誡運動』，表現了極高的關切。」大師表示，「『七誡』就是：誡煙毒、誡色情、誡暴力、誡賭博、誡偷盜、誡酗酒、誡惡口。今日社會之所以亂象迭起，主要原因是個人的不健全，所以推行七誡運動，更是刻不容緩的事情。

「我表示希望這項活動能夠從學校、教育做起，也就是由各級學校，集體帶領學生在佛前宣誓恪遵『七誡』，如同為他們舉行『成人禮』一般，讓學生懂得，從今以後要對自己的行為負責，讓他們從心理學習長大、健全自己。我想如果各校校長願意發動，效果必然更加彰顯，而七誡活動正是為學校做生活輔導的工作。」當我讀到大師在傳記中的這段話，內心激動，感謝師恩之情油然而生。

（摘錄自人間福報／民國一〇二年八月七日／作者：李虹慧）

積極進取　落實人間佛教

擔任佛光會松山分會創會會長期間，李虹慧不斷提醒自己，要用歡喜心去做、去學習。大師的每一次開示說法，對於佛法的詮釋與應用，都能自然融入現代生活，讓李虹慧對於推廣人間佛教更充滿信念。「五戒中的不殺生，是以『尊重自己的生命，尊重他人的生命，不侵犯自己及他人的生命』為前提，降低自殺率及改善社會亂象。」大師這麼說：「浪費時間、破壞物質也是殺生；因為生命是時間的累積，所以浪費時間如同殺生；相同地，隨便浪費物品也是殺生，因為物品是大眾的資源，是大眾集聚因緣而成的。」

佛光會提倡積極進取的人間佛教，鼓勵將佛法由寺廟帶到社會，由僧眾帶到信眾，讓佛法走入家庭，落實在人間。「佛光會員們為了傳播佛法，學習寫作、使用電腦、出版書刊；為了莊嚴道場，學習插花、規畫布置；為了便利弘法，學習駕駛、演說等。」李虹慧表示，佛光會透過舉辦各種活動，提供更多策畫參與的機會，讓會員們從參與中學習，在參加中成長。

在傳播佛法的路上，李虹慧遇見了許多貴人：蕭月里、鄭婉齡、周圍輝、李袖芳，幫忙她準備演講資料、製作簡報及留存電子檔。此外，還有個讀書會成員阿珠。

阿珠二十八歲喪夫，獨自撫養三個兒子，只要有空就參加讀書會。兒子結婚生子之後，阿珠繼續幫忙帶孫子，直到孫子都上學了，她又回到讀書會，持續她的學佛之路。「阿珠非常勤儉純樸，總是穿著同一雙鞋、相同的那幾件衣服，跟我一起去參訪及郊遊時，會主動幫我提重物，我非常感恩。」李虹慧說，阿珠總認為自己所學不多，但真正的佛法與年齡、學歷、家世無關，只要心中有佛，就能幸福與自在。

拯救中輟　巧克力當法寶

佛法重視內心的修持，所謂「佛說一切法，為治一切心，若無一切心，何用一切法」，也就是：「萬法由心生」、「心生種種法生，心滅種種法滅」。李虹慧認為，現代提倡用輔導、諮詢、心理諮商、心靈淨化、心靈醫療、心靈改革等方法進行開示，將傳統與現代融和，如同教育、輔導與佛法相融合，對她來說，更能應用自如。

李虹慧曾到建成國中為瀕臨中輟的十一個國三男生上「心靈陶冶」課程一年。為了讓孩子認真聽講，她準備了金莎巧克力。「這就是我當老師的經驗，因為小孩不可能一直專注聽講，所以，我安排了問答時間，答對的同學就能得到金莎巧克力。」那個年代，金莎巧克力可是學生的最愛，果然，孩子們個個認真聽講、踴躍答題，就是為了能得到好吃的金莎巧克力。

佛法的真理永恆不變，但傳統的佛教傳播方式，可隨著時代發展而改變。傳統與現代融合，僧眾與信眾、行持與慧解並重，佛法與藝文合一，這就是星雲大師所提倡的人間佛教。而且佛光山與佛光會既有的一切成就，都是集體的創作，所有光榮與功德都是團體的、大眾的。李虹慧強調，最重要的是要「給人信心、給人歡喜、給人希望、給人方便」。

諮詢服務　提醒珍惜生命

身為教師的李虹慧，也曾經參與輔導事務，在教師中心諮詢專線義務服務十二年，透過諮詢輔導，積極教導大家珍惜生命、愛惜物質、把握人生，並且推展「環保」與「心靈改革」相結合。

「在教師中心諮詢專線服務，接聽來自各方訴說自己人生煩惱的電話，我發現，很多個案只是單純想要有人聽他們說話、提供建議，撫慰他們的心靈。當然，如果遇到比較嚴重的狀況，我就會進行轉介。」李虹慧分享，當年在教師中心接聽電話時，曾有個大學生經歷重大的家庭變動，面臨人生抉擇，透過聊天與分享，最終，這個大學生有了自己的答案。

教師中心諮詢服務專線，對某些人來說，可能就像是漂流在無邊海洋時，僅能抓住的一個枯木，但只要願意，一定還會擁有活下去的機會。也因為如此，聯合報記者丁瑞愉特別採訪李虹慧，期許這樣的服務專線，能夠繼續發揮強韌的心靈力量。

用電話傳遞幸福力量

在國際佛光會中華總會的「心靈專線」上，為許多人解決內心困頓與疑惑的李虹慧，是一位資深的「心理輔導」專家。

退休前，李虹慧便是一位盡心於輔導工作的國小老師，以愛心為教育根本態度的她，於民國七十二年獲頒台北市教育局「教育愛」的獎項：民國八十年，開始參與台北市教師研習中心的「教師諮詢專線」輔導工作，至今已有九年的時間。

佛光會的「心靈專線」，原本是民國八十八年，為關懷九二一震災而成立的，但服務的對象，卻不限於災區民眾，諮詢的範圍包括心靈諮商、親子教育、兒童身心障礙諮詢輔導、佛法諮詢、就業諮詢、醫療諮詢和法律諮詢等；在電話線上的李虹慧，本著宗教上「人間菩薩」的精神，聽著來自四面八方的煩惱與愁苦，一一給予安慰、專業建議與心靈力量。

六十一歲的李虹慧表示，擔任「心靈義工」時，雖然聽到的都是人生的愁與苦，但安慰對方的同時，自己也會從中反省，讓自己更珍惜所擁有的力量，對人生的態度也就更豁然開朗。李虹慧認為：「參加就是成長，參與就是學習，唯有退而不休，才能創造生命的第二春。」因此，她不但身體力行參與各種義工的工作，也鼓勵曾有教師、輔導工作經驗的朋友，參與「心靈專線」義工的行列，將人生的經驗與專業知識，藉由電話線傳達到每個需要關懷的人心中。李虹慧表示：「正因人生無常，現在的困境絕不會是永遠的困境，現在的壞人也不會是永遠的壞人，這種永遠抱著希望的想法，也正是『教育』循循善誘的理念。」

（摘錄自聯合報／民國八十九年十月八日／作者：丁瑞愉）

現代人的生活腳步隨著科技發展而加快速度，但心靈往往更為空虛，需要有人給予安慰與鼓勵。李虹慧每次看到有關憂鬱症的新聞報導時，總是感嘆，有時只要一句：「我理解」、「我們都在這裡」，就可以讓心靈生病的人得到安慰，甚至獲得一分支持的力量，而勇敢面對生活、迎向挑戰。諮詢服務，能幫助許多人重新審視生命，讓他們理解人生會遇見的困難與悲傷，並用正向心態面對，走出屬於自己的康莊大道，對李虹慧來說，這是最感動的收穫。

春風化雨　永不輕言退休

星雲大師曾說：「教育是一切的根本。」因此，大師堅持辦學，當佛學進入校園，才能讓老師、學生、家長真正理解，學佛與行佛其實是日常生活的實踐，就是大師所提倡的「人間佛教」。

每一句話都離不開教育，只要是為了教育事業，李虹慧永遠不辭辛勞，全力以赴。「雖然我從教職身分退休，但我的心永遠不會退休。」孩子就像一張白紙，端看家長給予何種教養、老師教導哪些知識，當孩子全數吸收，他們就會成為那樣的人。李虹慧認為，在孩子的基礎養成教育中，老師的角色至關重要，從小教導孩子具備感恩心、慈悲心，讓這些充滿愛的種子深植心中，當孩子們擁有了愛，將來也會用愛對待他人。畢竟在孩子的生活裡，除了家人，最常接觸的就是學校的老師，她鼓勵所有教職人員，即使自教職退休，還是可以多參與公益、慈善活動，發揮自己的教職專長，創造出更精采的生命第二春。

《國語日報》曾於民國七十四年採訪李虹慧，除了介紹她成立愛心福田會默默行善，也分享了她滿滿的弘法行程，內容大致如下：

「李虹慧在退休前，已積極於台北市立師範學院進修『輔導知能』的課程，其實，輔導跟佛法本身是相連接的，眾生皆有佛性，唯有藉由輔導，才能依不同人的需要給予不同的協助和引導。」

「李虹慧認為，退休教師與教職人員若多薰習佛法，再回饋給社會的力量是很大的，她親身力踐了這個理念。因此，她擔任教師研習中心教師諮詢專線的義務服務員、稻江家職的佛學社指導老師、為重慶國中面臨中輟的學生上宗教陶冶課、帶領大同國小單親孩子上小團體課，以及北投國小愛心媽媽的成長班等。」

「周一，景美老人福利基金會上課，兩小時；周二，教師研習中心專線值班，三小時；晚上七點至八點半浩然敬老院佛堂關懷、說故事，經行（走路）念佛等共修；周三，軍中監獄上課；周四，下午在教師研習中心擔任鄭石岩老師『禪式諮商教師成長班』的生活輔導員，再加上身兼國際佛光會督導、檀講師及理監事等數職，眾多活動，即使生活忙碌，但她卻不以為苦，樂在其中。」

「走在台北道場，不論法師、居士，與她擦身而過者，人人都稱呼她一聲『李老師』。望著李虹慧老師沉穩、親切、謙恭的身影，一生修己、弘法度人，她的教育和她的愛，是永不止息的。」

實至名歸　榮膺模範老人

「人生七十才開始」，是我們極為熟悉的一句俗諺。對李虹慧而言，七十歲正是人生奮起飛揚的時候。民國一〇一年，經過初審、複審、決審，李虹慧從一百七十件選拔推薦名單中脫穎而出，成為三十五位獲獎者之一，榮膺第四十七屆全國模範老人。

出錢出力關懷老人、服務長者，是李虹慧一直默默在做的事，付出心力從事這些活動的同時，也讓她不斷學習成長，持續散發生命的光與熱，「模範老人」之於李虹慧，可謂實至名歸。

李虹慧榮膺第四十七屆全國模範老人楷模

中華民國一〇一年全國各界表揚「模範老人」、「敬老楷模」頒獎活動，由中華民國老人福利協進會主辦，十月二十一日於台北市國軍文藝活動中心舉行。受獎代表、親友及嘉賓近八百人與會，場面熱鬧溫馨感人。

副總統吳敦義親臨致詞、頒獎，並祝賀所有模範老人、敬老楷模當選人。今年選拔推薦名單有一百七十件，經初審、複審、決審，

在「中華民國各界慶祝第 47 屆老人節」表揚全國模範老人及敬老楷模頒獎典禮上，由時任副總統吳敦義頒獎給敬老楷模朱唐妹（左圖）、模範老人李虹慧（右圖）。（人間通訊社提供）

國際佛光會中華總會桃竹苗區會長朱唐妹（左）、國際佛光會檀講師李虹慧，分獲內政部「敬老楷模」、「模範老人」的榮耀。（人間通訊社提供）

共選出模範老人三十五位、敬老楷模二十七位。

這些獲獎者，有的在職場上退休下來投身公益，長期做義工服務他人，或長期布施捐款熱心公益，或活動中不斷自我學習成長，讓生命發光發熱。有的是長期關懷照顧老人，提供生活物質，服務長者，績效卓著。他們的善心善行，讓社會更溫馨，家庭更和樂。所有得獎者名副其實，值得效法學習。其中經由國際佛光會中華總會推薦、初審的李虹慧檀講師，當選中華民國一〇一年全國各界表揚「模範老人」代表。

民國四十八年，李虹慧畢業於師範學校，從事教職工作長達三十三年，服務期間發揮愛心，除關心一般學生外，特別照顧有問題的學生及弱勢家庭同學。雖已從教職退休多年，但永遠是教育界的老兵，持續關懷學校教育、兒童教育，並提供獎學金、清寒獎助學金，幫助學子努力向學。

多年來應《人間福報》邀稿，為「親職教育」、「親子關係」專欄每周供稿，將從事教職的心得經驗，與社會大眾分享，提供教師及家長解決實務問題參考。《陪孩子一起成長》一書集結，透過《人間福報》、「三好校園讀報教育」及「品德教育」的推廣，送出數千本書籍予海內外學校、教育單位及全國各級學校，為老師、家長及各地「生命教育」義工，提供解決實務問題的參考，為建構「三好校園學習環境」、「家庭親子間和順關係」、「學童人格健全發展」等良好優質環境，共同努力。

民國七十一年，共同發起成立以「服務」為宗旨的「佛光山普門寺友愛服務隊」，帶領友愛服務隊友於假日包車、自備午餐、水桶、抹布、洗衣粉等，到育幼院、養老院、精神病院、視障院與殘障院等機構打掃、為老人家理髮、修指甲、刮鬍子、換洗衣服、縫補衣物等，提供各種實質服務。

民國七十八年開始迄今，長期到台北市浩然敬老院關懷老人，並協助院方成立佛堂，帶領老人念佛，慰撫長者孤獨的心，得到社會局及浩然敬老院評鑑為「終身奉獻獎」。除了致力於敬老院實質服務外，更與老人一同帶動唱，讓長者找回年輕的心，也為長青班長者講授陶冶心靈課程。

皈依佛光山開山宗長星雲大師成為佛弟子的李虹慧，虔誠信仰佛教，認同「人間佛教」理念（佛說的、人要的、善美的、淨化的），奉行「以教育培養人才，以文化弘揚佛法，以慈善福利社會，以共修淨化人心」四大宗旨，積極推動大師所倡導的「三好、四給、五和」的理念。參加「慈悲愛心列車」系列活動，走入社區，教化人心。

自民國八十四年擔任國際佛光會檀講師迄今，到軍中、學校、機關、社會團體、監獄、道場，宣揚「做好事、說好話、存好心」，「給人信心、給人歡喜、給人希望、給人方便」三好四給理念。更不畏舟車勞頓，高齡七十餘歲仍遠赴海外弘揚真善美生活的理念，實踐自心和悅，調和人我和敬，達到家庭和順，展現社會和諧，建構世界和平的願望；並積極參與弘法利生、關懷社會及慈善救濟公益活動。

近年來深感傳承的重要，因此開始走向幕後推手，幫助更多中生代優秀人才從事慈善、利他的工作，她的慈心悲願，默默犧牲奉獻，造福社會、嘉惠學子的事蹟，令人感動與尊敬。平時積極參與佛光山、國際佛光會海內外弘法工作，並出席佛光會會務會議、提出福利社會提案，對於弘法佈教、傳遞人間佛教理念盡心盡力。

李虹慧一路走來，不論致力於「教育服務」，終身奉獻於三好品格推展；「社會服務」持續慈善愛心工作，或推展「人間佛教」，積極教化人心。獲此殊榮，實至名歸。如此人間菩薩行誼，不僅為長者效法之楷模，更是佛光人的典範。

（摘錄自人間通訊社／民國一〇一年十月二十三日／記者：周圍輝）

教學理念　持續傳承新世代

退休後的李虹慧，持續關心教育議題，她認為，老師所做的事，其實是影響未來的關鍵教育工程；好的小事持續累積，就會成為良善的大事。「我覺得當老師很好，因為可以去發現哪裡有需要幫助的人，如果要我再回來當老師，我也很樂意。」退而不休，是李虹慧對自己的期許；而她更希望的是，將這良善的品格教育，傳遞給下一代同樣充滿教育熱忱的年輕老師們。

北市教育局長湯志民　親訪資深退休老師李虹慧

台北市政府教育局為感謝老師的用心與付出，倡導學生尊師重道，提振教育風氣、校園倫理，於教師節前夕舉辦敬師活動。九月十一日局長湯志民率所屬人事室主任及相關人員親訪資深退休教師，表達感謝之意，別具意義。此次從兩百多位推薦名單中，獲選人員有台北市北投區北投國小教師李虹慧、台北市立內湖高中校長葉文堂，兩人皆奉獻於教育界數十載。

北投國小規畫一系列敬師活動，透過活動讓學生學習感恩，表達對老師的敬意，同時營造佳節溫馨氛圍。「退休老師回娘家」單元活動中，策畫「情定北投，桃李天下，彩虹飛越，福慧教育」精采海報看板，以表達對退休教師李虹慧老師的關懷與敬意，同時安排「鼓樂迎賓」表演，歡迎貴賓的到來。

退休的北投國小老師李虹慧已七十五歲高齡，畢業於台北市立師範學院教育輔導組，於一九九二年退休，終身致力於三好品格推展，且應《人間福報》邀稿，為「親職教育」、「親子關係」專欄供稿，將長期從事教職的心得經驗分享社會大眾。二〇一〇年福報文化彙編成書，出版《陪孩子一起成長》，並已分贈數千本到全國各校，為生命教育義工提供解決實務問題的參考。

李虹慧老師投身於社會服務，持續慈善愛心工作，一九八九年開始迄今，長期到台北市浩然敬老院關懷老人，並協助院方成立佛堂，帶領老人念佛，慰撫長者孤獨的心。榮獲全國模範老人楷模代表的她，此次能獲選局長親訪，是實至名歸。

李老師分享，退休後，仍持續多元學習，藉由專業教職生涯，將親子教育的實際經驗轉為輔導諮商，繼續為教育領域奉獻心力。受聘擔任國際佛光會世界總會檀講師，透過佛光會平台推動校園三好品德教育、關懷長者及監獄佈教。

湯志民局長建議劉校長要整合、善用退休老師的資源，為退休老師留一常設辦公室，讓他們可以隨時回到學校，關心學校發展、支援活動及導護工作。

退休老師聯誼會會長高淑芬談到，李虹慧在校服務時是學年主任，點子很多，有創造力、感染力。為幫助弱勢學童，邀集老師成立「愛心福田會」；為鼓勵老師注重自己儀容，成立「美麗會」。同時帶動老師成立讀書會，鼓勵彼此、互相學習。

服務教職十三年的林欣佩，是李虹慧的學生，以學生身分代表獻花。她感性地表示，李老師對學生的尊重、包容、寬恕，以及對同儕的關懷，在她心中留下深刻印象，因此常以老師為榜樣，自我惕勵。「播下一粒愛心種子，你無法預料將來會產出多少果實。」林欣佩祝福李老師身體健康，希望在人生旅途上，永遠能帶領大家向前邁進。

北投國小校長劉益麟表示，教育是一個慢的歷程，對孩子說的每句話，必然影響其一輩子，所以「愛」的傳揚非常重要。此次活動的核心價值可為後輩老師樹立典範，知道前輩們在過去教育工作上，是用什麼心情來看待教育這件事。

家長會會長郭佩銓說，此次活動是一個尊師重道的表現。現在科技進步，傳統道德反被忽略，此次教育局訪視退休老師，是表示對老師的重視。

輔導室主任邱俐純是此次活動策畫的幕後功臣，她從研讀李虹慧老師提供的資料，與數次溝通瞭解，規畫出重點詳實的海報。她表示，教育是要給人感動，讓來賓感受到學校的熱情。她發覺李老師的身上都是寶，對退休後的生活，帶給大家好的典範。

（摘錄自人間通訊社／民國一〇四年九月十一日／記者：周圍輝、吳惠美共同報導）

台北市教育局的敬師活動，除了人間通訊社的報導之外，《自由時報》記者梁珮綺，也特別撰寫了一篇有關李虹慧老師「回娘家」的相關新聞，報導中有著這樣的描述：「北投國小今邀請曾在校任教二十年的退休老師李虹慧『回娘家』，慶祝教師節，李虹慧雖已高齡七十五歲，身體仍相當硬朗，笑著分享自己以前教書的點點滴滴，長年修佛的她，在校時號召學校老師每月捐一百元幫助弱勢學子，民國七十八年起，每年都會到浩然敬老院關懷老人，『不捨一眾生』是她念茲在茲、奉行不悖的目標。」

「李虹慧曾在宜蘭市、花蓮縣、新北市多所國小任教，民國六十二年調到北市北投國小，擔任低年級教師，七十三年教的學生林欣佩，剛好在十一年前回北投任教，李虹慧也勉勵、期許林欣佩，『看到妳待在教育界服務，很棒，加油！』林欣佩感動地說，『老師一直實施愛的教育，非常善良、慈悲，她在我心中種下一顆良善的種子，我也會把這些觀念帶給我的學生，從注重品格教育開始。』」

2015 年，北投國小舉辦「退休老師回娘家」活動，為表達對退休李虹慧老師的關懷與敬意，特別策畫「情定北投，桃李天下，彩虹飛越，福慧教育」精采海報看板。同日，時任台北市教育局局長湯志民赴北投國小，親訪資深退休老師李虹慧，表達感謝之意。左起：台北市教育局人事室主任李季燕、家長會會長郭佩銓、北投國小劉益麟校長、台北市教育局湯志民局長、北投國小資深退休老師李虹慧、退休老師聯誼會會長高淑芬、輔導室邱俐純主任、林欣佩老師。（人間通訊社提供）

在北投國小任職的林欣佩（左）曾是李虹慧教過的學生，感謝李虹慧（右）當年的諄諄教誨。（人間通訊社提供）

而《人間福報》記者林汝娟，更特別撰文，將李虹慧老師推展三好品格教育，以及強調「愛」對於學生及家庭的影響重大進行報導，傳遞她的希望：大家都能懷抱慈悲心、願心、善心、發心，多設身處地為他人著想、包容缺點、成就好事，一定能帶來無限希望。

勤耕福田　李虹慧推展三好

教師節前夕，台北市教育局長湯志民至北投國小探訪七十五歲的退休教師李虹慧，希望將她行善的故事傳揚。李虹慧致力於三好品格推展，她的學生林欣佩受到薰陶，也成為老師，將品德教育灌注在學生身上，讓三好品格有善的循環。

從事學校教育三十三年的李虹慧，教學足跡遍及宜蘭、花蓮、新北等地區，最後落腳台北市北投國小，號召學校老師每月小額捐款成立「愛心福田會」，協助提供遭變故的學童助學金，退休後積極投入社會慈善工作，孜孜不倦，湯志民局長讚譽是最佳典範！李虹慧開心分享，北投國小成立退休教師聯誼會，逾兩百位教師參與，讓退休教師能夠多元學習、充實生活。湯志民局長期望未來能協助各級學校，在校園為退休教師打造一個「家」，鼓勵退休教師重返校園，協助行政工作繁重的教師。

李虹慧致力於三好品格推展，並應邀為《人間福報》親職專欄撰稿，分享教職經驗，她說，此生最大的福報，就是深受佛光山開山宗長星雲大師影響，在生活中「聞、思、修」，與時俱進、增長智慧。

她常摘錄《菜根譚》、《國語日報》的名言佳句，每天寫在黑板上，引導學生做好事、說好話、存好心等三好品格，將「善美」的種子播撒在學生心中，爾後才有因緣指導特殊、弱勢學生。李虹慧強調，老師不只是傳授學問，需培養孩子正確的人生觀，學習做事的態度與方法，每位孩子天生資質不同，需要因材施教，多一分關心，就能改變學生。

「愛很重要！」李虹慧說，學生的家庭背景會影響他們的學習態度，若能細心觀察，就能發現「不一樣」，適時關心、聆聽學生的問題，才能及時給予協助。近年來，李虹慧幫助更多中生代優秀人才從事慈善事務，她說，「放下，才能走得更遠」，並感謝「佛光山讓自己有舞台，發揮『輔導』專才」，到學校、監獄、社會團體等等單位，分享從事教職的心得，帶給社會更多「正面、良善的力量」。

（摘錄自人間福報／民國一〇四年九月十四日／記者：林汝娟）

第三部 實踐

佛光山上，殿宇輝煌，
佛光山上，聖賢流芳，
佛光永普照，法水永流長。
佛光山之歌，譜出大師的宏願，
更讓所有佛光人感動至深。
每一次說法、每一場講座，
李虹慧都懷抱著感恩喜樂的心，
用淺顯易懂的方式，
讓大家理解佛法的善與美。
因為只要心存善念，
沒有不能度化的人，更沒有不能完成的事。

Chapter 7

弘法佈教　開啟智慧饗宴

李虹慧發願弘法佈教的最重要關鍵，就是星雲大師！她表示，聽大師講道，感動之情溢於言表；當自己成為檀講師之後，不論是參與讀書會，或是擔任主講人，每一次都帶給她不同的學習和收穫。

宣講佛法　聆聽者獲益多

李虹慧曾應國際佛光會北市南三區大同第一分會的邀約，在佛光山普門寺五樓社教館，召開一〇一年度會員大會的佛學講座中，主講「生命故事的啟示」，聆聽佛學講座的會員，不僅將智慧與佛法帶回家，也讓自己的生命更得以提升並開展不一樣的氣象。

暢談生命故事的啟示

李虹慧先介紹佛陀常隨十大弟子，他們原來的身分有外道學者或領袖，亦有婆羅門的權威和長者，有貴為王子出身或大富之家種姓，亦有卑微之賤民。不論出身是什麼？「他們一皈依佛陀，就唯有信仰、尊敬，從沒有對佛陀有過批評，並且照佛陀的教示、教法，完成自己的修學。」而在僧伽團中有崇高地位。這告訴我們生命沒有貴賤，「心、佛、眾生」三無差別，只要透過學習，願意修正習氣，我們的生命一樣可以得到提升。

習氣如種子

習氣是一種習慣性、潛伏性的行為，也可以說是蓄積煩惱的餘氣。現代心理學家說：「習慣是不離開不由自主、很自然地、非事先計畫地、熟練地等所要表達的涵義。」台大心理學教授柯永河在《習慣心理學》一書中，將「習慣」重新界定為「刺激與反應間的穩定連結或關係」。佛典中曾譬喻「習氣如種子」，種子遇緣則萌芽而起現行，凡夫累劫以來造作貪瞋痴的餘氣未斷，因而常在六道輪迴不能出離苦海。所以學習就是要斷除惡習，廣植淨因。只要自己鼓起勇氣，發願懺悔，必能改造自己。

革除習氣

佛陀慈悲開示說：「習氣是一種積蓄煩惱的餘氣，有的是宿世造作而來，有的是今生薰習而來。」李虹慧強調，習氣的斷除，只有靠修持的力量，發願改造自己。好比除草要連根拔起，如果只是以石壓草不會生長，不是究竟解決之道。斬草不除根，春風吹又生，要從根本斷除，才是萬全之計。

讓生命更有價值

李虹慧進一步闡述，如何從生命故事的啟示，探討生命的價值觀。首先要知道「生命的意義是什麼？」生命的價值在於活著，生命不是只有一生一世，更要生生世世自強不息。生是因緣生；死是因緣滅。從聖義諦來看，無生也無滅。禪宗高僧不求了生脫死，只求明心見性。一旦開悟，泯除對待，剎那即永恆，煩惱即菩提。像溈山禪師立願來生作一條牯牛，趙州禪師發心捨報後到地獄去度眾，星雲大師立願生生世世當大和尚度化眾生。這些例子都在告訴我們，「生命的意義，就是在創造宇宙繼起的生命」。

從這些生命故事，要體會「時間就是生命，要妥善應用使生命更有價值」。李虹慧舉自己為例，因為參加了佛光會，在每次活動中，不斷學習成長，生命發光發熱變得更有價值。《陪孩子一起成長》這本書的集結出版，說明藉著佛光會平台，讓生命有一個發揮展現的舞台。又舉例永和學舍的愛心義工媽媽，奉行大師的「人生三百歲」精神，參加生命教育當義工老師，以《佛光菜根譚》為教材，長期深入雙和十多個學校為小朋友說故事，散播愛與希望，她們的生命變得更有價值。

「生命是一種學習，任何人在學習的過程中，免不了遇到迷惑；給人一句好話，讓人生命奮起飛揚。」李虹慧鼓勵大家，要常說「給人歡喜的話、給人鼓勵的話、給人肯定的話、給人讚美的話」。人生的成敗，常因「一個人、一件事、甚至一句話」，而有了決定性的影響。所以要力行大師所倡導「行三好」，如《佛光菜根譚》所說：「好話不嫌多，好話可以為世界帶來祥和；好事不嫌多，好事可以為人間帶來希望；好心不嫌多，好心可以為社會帶來光明。」

（摘錄自人間通訊社／民國一〇一年十月七日／記者：周圍輝）

同年十月底，李虹慧又再次獲邀參與國際佛光會北市南一區民權分會所召開的年度會員大會，主講「福慧雙全」，同樣讓一百多位佛光幹部及會員獲益良多。

福慧雙全　提升生活幸福

「福慧雙全，參加即學習，參加即成長。」李虹慧談到佛光會概況發展，進而闡述「加入佛光會，人生有無限寬廣」。藉著佛光會這個平台，將潛能激發出來，視野提升到世界觀、國際觀，將心胸格局擴展開來。她將自身參加佛光會一路走來的經驗，娓娓道來，引導大家走入時光隧道，親身經歷整個故事的過程，一起融入她生命故事成長的喜悅，台上台下互動氣氛熱烈，欲罷不能。

李虹慧表示，國際佛光會是一個國際性的宗教組織，在推動文化教育、慈善弘揚、會議共修、聯誼交流等領域，皆有具體卓越成果，成為「聯合國非政府組織諮詢顧問」，同時也是聯合國公共資訊部門會員。

佛光山開山宗長星雲大師自一九九二年創立國際佛光會，二十年來，匯集世界各地企業領袖、知識分子、社會菁英，發揮「僧信二眾」平等精神，擴大佛教徒影響力。改變傳統佛教消極落伍刻板印象，領導佛教徒走入社會，邁向國際，讓五大洲的人士因佛光會認識佛光山，因佛陀紀念館看到台灣，進而了解佛教豐富內涵與博大精深的中華文化。

「大師心懷佛教與眾生的慈心悲願，我們要以大師為人生榜樣，勇於承擔佛光事業，要有國際觀。」李虹慧懷著尊敬且感恩的心表示，凡有太陽升起的地方就有佛光會旗飄揚；哪裡有需要幫助的地方就有佛光人的足跡！她很高興地表示，成為佛光人，能滋養我們的法身慧命。從佛光會會員信條中，知道人間佛教目的在提升生活美滿幸福。

實踐人間佛教要從自身做起，修正自己的身、口、意三業。大師所倡導的「三好」：做好事、說好話、存好心；「四給」：給人信心、給人歡喜、給人希望、給人方便；「五和」：自心和悅、家庭和順、人我和敬、社會和諧、世界和平；是平日修持的規範，將這樣的理念融入日常生活中，讓家人、朋友見證到我們的轉變。

最後，李虹慧告訴大家，國際佛光會二十歲了，今年在佛光山剛召開的「國際佛光會二〇一二年會員代表大會」中，星雲大師發表主題演說「幸福與安樂」。「人到世界究竟是為了幸福而來，還是痛苦而來？」一般人都會想：「當然是為了幸福而來！」如何獲得人生的幸福安樂，大師提出通往「幸福與安樂」的四條道路：淡泊知足、慈悲包容、提放自如、無私無我。她強調，參加佛光會，追隨大師腳步向前行，在每一次的參與中，不斷學習、不斷成長，福慧自然雙全，水到渠成。

（摘錄自人間通訊社／民國一〇一年十月二十四日／記者：周圍輝）

契機契理　廣傳大師理念

在說法講述上，李虹慧深受大師影響，加上自己曾是教師，又擁有檀講師身分，更能將大師所教導的佛法融會貫通，因此，她經常受邀參加佛光會各分會所舉辦的大小講座，闡述大師理念，用淺顯易懂的方式，讓參與的人真正了解人間佛教，使大師的理念更廣為人知。

闡述人間因緣的重要

民權分會邀請李虹慧在普門寺以《貧僧有話要說》第八說〈人間因緣的重要〉為講題，宣揚人間佛教理念，闡述大師對因緣的看法。「『道』是什麼？就是因緣，就是佛法，就是佛教。」

大師《貧僧有話要說》起因於慈濟事件，部分媒體對佛教無情、不公批評踐踏，大師為護教，挺身為教界說幾句公道話。第八說〈人間因緣的重要〉中，大師強調「因緣裡面有人我關係；真正的金銀財寶、法身慧命，都在因緣裡」。李虹慧告訴聽眾，四十篇的《貧僧有話要說》，雖起因是逆緣，卻因大師一系列開示而轉為逆增上緣。讓世人認識佛光山除了為社會興辦了文化、教育、慈善等事業，到底佛教為社會還做了哪些事情？

大師對「支助佛光山的人，看成順的因緣；批評的人，看成逆增上緣。是好因好緣或惡因惡緣都是幫助和勉勵，都是助力」。現代人流行「向錢看」。大師問：「錢，有那麼重要嗎？」大師從小立志看世界，看社會的苦難，而大師真正喜歡看的是「道」。

「道」是什麼？就是「因緣」，就是佛法，就是佛教。有一次，大師挨了一個老師的耳光之後，師長說：「你看什麼？世間什麼東西是你的？」師長說：「要看自己的心。」因此有數月時間，反觀內省，審查自心，大師看到了自己有嫉妒心、貪欲心、瞋恨心、無明、愚痴心等。大師又得到老師慈悲開示指導，知道用尊重包容、

2015 年，佛光山民權分會邀請李虹慧以《貧僧有話要說》第八說〈人間因緣的重要〉為講題，宣揚人間佛教理念，闡述大師對因緣的看法。（人間通訊社提供）

慈悲喜捨、溫和體貼、因緣明理，對治內心的無明。

李虹慧又說，「大師對眾生的不捨，創造眾生學佛的因緣。一路以來，一千多名的出家弟子跟大師不分晝夜，沒有星期假日，共同為眾生創造因緣、服務社會，奉獻自己所能，弘法利生。這些不也是在培植我們的好因好緣，建立人我群體的和諧關係嗎？」佛光山能逐漸發展，要謝謝許多有緣人給予很多因緣的幫助。大師說：「佛光山的一切都是十方而來，不是我個人所有。」大師認為，「擁有因緣，就是擁有真理；擁有真理就擁有世界的一切。」所以大師告訴世人，「你們不一定要看錢，你們要看因緣哦。」

李虹慧引用國際佛光會中華總會秘書長覺培法師的話：「四十篇《貧僧有話要說》話裡有他之所以創造大因緣的『內因』，來自大師『歡喜樂觀』的性格及『發心立願』的決心。他有『佛教靠我』理念，喜歡『生活在眾中』，有持續精進所開展的『人生三百歲』的永不放棄。」

最後，李虹慧說：「大師有『善觀因緣，與時俱進，前瞻未來，勇於革新』的遠見與智慧。這是身為佛光人的幸福與榮耀，應當珍惜及依教奉行。」強調大師自己心中有佛，心中有人，對人間佛教的宏揚，既能「上契諸佛之理」，又能「下應眾生之機」。人我是非只是一種心態問題，時間一過，環境一變，就不一樣，所以不要太在意而起煩惱。「凡走過必留痕跡」，我們行菩薩道。須善盡責任與義務，做好角色扮演，必得善有善報，而能「從善如流」。

（摘錄自人間通訊社／民國一〇四年九月二十日／記者‧周圍輝）

李虹慧認為，每個人生活在世間，都有親戚眷屬，親戚眷屬若能互敬互愛，成為感情融洽的同參道友，就是人生一大樂事。尤其是夫妻，是家庭的支柱，更是孩子從小學習的榜樣，家和萬事興，只要把家庭放在心中的第一位，珍惜彼此的緣分，互相尊重、良善溝通，就能擁有圓滿的人生。

解析夫妻相處之道

「請問您是第幾等丈夫、第幾等太太？」大安三會邀請檀講師李虹慧，在普門寺以星雲大師著作《貧僧有話要說》第二十說〈夫妻相處之道〉為講題，為近百位民眾闡述星雲大師對夫妻相處的看法。

「夫妻是家庭的開始，五倫的基礎。」李虹慧說，家庭是孩子接受教育的開始，父母即是孩子最初的老師；大師積極弘揚人間佛教，認為「倫理」是人與人之間相互護持與幫助的重要因素，若一個人無論何時何地，都能為別人著想、不情緒化；能權衡輕重、明白事理；人我之間不比較、不計較，如此必能擁有一個歡喜和諧的倫理關係。

李虹慧引用大師的話表示，結婚不是走進墳墓，不要輕言離婚，它如同一朵花，要用心施肥、灌溉，讓花朵更加芬芳美麗；而「家庭」是延續一個個寶貴生命，讓社會安定的根源。

「伸手需要一瞬間、牽手卻要很多年。」李虹慧舉佛典故事說，今生相逢便是緣分，希望夫妻都能珍惜因緣。也強調，佛教是重視家庭的，在《長阿含經》、《心地觀經》等經典中，均有佛陀對家庭倫理的教誨。如《佛說尸迦羅月六方禮經》：「西向拜者，以婦事夫，有五事。」就是妻子對丈夫的基本準則。《佛說善生子經》：「夫西面者，猶夫之見婦也。是以夫當以五事，正敬正養正安其婦。」則是丈夫對待妻子的五個基本準則。

李虹慧說，大師認為夫妻相處之道，重在互相適應、互相尊重，即使發生誤會、僵局，也不能持續太久，需要「溝通」。而「尊重」則是要學會傾聽對方正確的意念，用同理心去了解對方的本意，並了解尊

2015 年，佛光山大安第三分會邀請檀講師李虹慧在普門寺以星雲大師著作《貧僧有話要說》第 20 說〈夫妻相處之道〉為講題，為近百位民眾闡述星雲大師對夫妻相處的看法。（人間通訊社提供）

重對方，就是尊重自己。李虹慧也不忘叮嚀，家庭除有生育、養護、教育、安全保障的功能外，更要思考如何培養子女良好的人格道德，傳授文化知識，灌輸正確的價值觀念及進入社會的適應能力。

李虹慧說明，人間佛教重視家庭的幸福，大師鼓勵夫妻建立佛化家庭，夫妻之間和諧、尊重、相處，一定要有共同的信念、語言、生活；從信仰中淨化心靈，才能擁有圓滿的人生。若夫妻有共同的信仰、話題和興趣，便更能促進彼此感情的和諧。

（摘錄自人間通訊社／民國一〇四年十月二十日／記者：吳仕英）

人無法離開群體、獨自生活，因為世間一切都要靠因緣和合才能成就，離開了人群，就沒有因緣，所以，人間佛教以「人」為本，重視他人的存在、需要、苦樂、安危等。而大師《貧僧有話要說》第二十二說〈我一直生活在眾中〉，李虹慧也以自身經歷，對於人間佛教的美好，做了最好的見證。

我一直生活在「眾」中 和合歡喜

普門教師分會舉辦年度文化饗宴中，安排普門青年的勁歌載舞、古箏獨奏、普門合唱團人間音緣的演唱。同時分享「普門快樂讀書會」整年的活動概況，內容包括旅遊、攝影、人生體悟、經典分享、氣功養生、健康食物等，豐富又有趣。

「我一直生活在『眾』中。」大師說：「我在眾中，眾中有我；獨樂樂，不若與眾樂。」李虹慧表示，大師自號「貧僧」，只是世間相的貧，他的內心不貧，其因來自歡喜樂觀的性格，他喜歡「生活在眾中」，因為眾生佛性平等。大師自幼不喜歡獨居，童年家中兄弟姊妹眾多，過著是團體生活。出家後，僧團也是大家睡通鋪，早晚課、過堂用齋，都是團體生活。

談到大師來台弘法，李虹慧說，大師早期在雷音寺成立兒童班、學生會、歌詠隊、弘法團、文藝班、補習班，還有念佛會的老少信徒，每天都離不了和群眾在一起生活。後來，在普門寺慈容法師成立婦女法座會、友愛服務隊、教師研習營、生命教育研習營、文藝營，也成立人間讀書會總部*，培養講師。

「僧伽，就是和合眾，所謂六和僧團，佛教的教團就是靠一個『和』。」李虹慧說，大師生性歡喜大眾，喜歡參與公共活動，「共修」可以說是大師一生生活的寫照。有人批評佛光會只是辦活動，沒有修行，從早期宜蘭青年跟著大師披星戴月鄉村環島佈教，到現在全球數百名檀講師、宣講員，到各地宣講佛法。強調菩薩道的修行就是「但願眾生得離苦，不為自己求安樂」。

全世界三百多個道場，有十萬人同一時間念佛共修，向內心探討自我的世界，增加對佛教的信心。弘法方式要順應時代，以增進眾人幸福為目標。做人是要「和眾」，要能為眾服務，才是「眾」中的一員。

*註：星雲大師在民國九十一年元旦正式成立「人間佛教讀書會」，透過計畫性的組織，展開全球性的讀書風氣養成，並將「生活書香化」視為「終身學習」的最佳途徑。

2015 年，普門教師分會舉辦年度會員大會，邀請檀講師李虹慧闡述星雲大師《貧僧有話要說》第 22 說「我一直生活在『眾』中」，以其親身經歷為人間佛教的美好，做了最佳見證。（人間通訊社提供）

「一切都不是我的，都是大眾和社會共有的」；「享受貧窮，也是一種快樂」；「我能安於貧，所以有許多人緣」。李虹慧闡述，這些都是大師在這篇帶給大家的啟示。秉持佛陀所說「我是眾中的一個」，一直以來，都將自己融入到眾中，讓大家皆大歡喜。大師教誨弟子要「以眾為我」，更是親自體證，理事圓融。他一生奉行「無我的精神」、「以眾為我」的生活。

「世界上的事，好壞對錯，很難說，大眾普遍提出來的，就是對的。因為表示大眾有需求！」可以看出大師對大眾的重視；常勉勵大「眾」，個人力量有限，可以透過團體合作，把愛與慈悲的力量擴大。李虹慧感性地說，大師奉獻心力，傾其所有創建佛光山及佛光會，以無私無我的精神，護持普世有緣的佛光人。他雖一無所有，但內心富有，擁有萬千眾生對他的感恩，他是世上最富有的「貧僧」。

（摘錄自人間通訊社／民國一〇四年十一月二十四日／記者：周圍輝）

年歲增長 行佛至誠不減

隨著年齡日益增長，李虹慧慢慢減少外出說法講演的活動，但仍不減對人間佛教的熱愛與推廣。時年七十多歲的她，仍舊經常獲邀參與各分會講座，跟大家一起討論人間佛教的實踐方式，同時，她也堅持著「人間佛教要成為大眾生活中所需要」的理念，讓大師所推廣的人間佛教可以更為流傳千古。

與談人間佛教 回歸佛陀本懷

「銀河掛高空，明月照心靈，四野蟲唧唧，眾生心朦朧」。一首「弘法者之歌」，感動了聽眾的心，歌詞意境也將大家的心，帶入早期大師在宜蘭弘法的情景。透過歌聲，開啟普門寺、國際佛光會北市南區首場「人間佛教回歸佛陀本懷」講座與談。

九月十一日佛光山民權分會會員大會邀請國際佛光會檀講師李虹慧及資深幹部與談，暢談大師口述著作《人間佛教回歸佛陀本懷》，並分享個人心得體悟。

李虹慧早年追隨星雲大師弘法，對於大師敏銳的觀察力和理解力非常佩服，數十年從未退失道心。她表示，大師一生倡導人間佛教，心力奉獻給大眾，心中掛念的是佛教的興亡，以及還未得度的大眾。

「人間佛教是重視生活的佛教。」李虹慧表示，「人間佛教是一個可以創造家庭幸福、社會平等、政治民主、內心淨土的佛教。」從佛陀出生到結婚生子、出家修道、在人間證悟、在人間說法，一切行儀都說明佛陀是「人」不是「神」。

與談人李袖芳分享「佛陀的人間生活」，談到佛陀教育兒子羅睺羅的故事，羅睺羅是佛教第一位沙彌，小時候調皮、愛說謊，大家都很討厭他，佛陀透過「洗腳盆髒了，用來盛裝食物，也不會有人敢吃」點醒他：內心不清淨，所說的話也不會有人肯相信。佛陀

2016 年，佛光山民權分會會員大會邀請國際佛光會檀講師李虹慧及資深幹部與談，分享大師口述著作《人間佛教回歸佛陀本懷》的個人心得體悟。（人間通訊社提供）

教育小孩的方式是大眾學習的榜樣，佛陀的生活與現代人生活方式一樣，清楚說明人間佛教具有人間性。

「佛法生活化，生活佛法化。」羅妙琴分享「人間佛教對社會的貢獻」。她指出，人間佛教要成為大眾生活所需要的，如此佛教才不會被淘汰。「人間佛教」能協助信眾解決人間問題，開啟智慧、培養慈悲，讓社會更安定和諧。參加「全國教師生命教育研習營」讓她深切體會，透過研習營的薰陶，才能培養有「歡喜、愛心、正向能量」的老師，進而教出快樂學習、優質成長的學生，這些都是「人間佛教」的貢獻。

人間佛教可以淨化身心、減少煩惱，享受禪悅法喜。人間佛教是正信佛教，開啟智慧、填補心靈空虛、安定社會人心，讓生活充滿熱情活力。日日行「三好、四給」，讓自己擁有幸福與快樂的生活。胡淑卿說，這些都是人間佛教的好處。賴碧華分享「佛光山與人間佛教有什麼關係？」她說佛光山全球的出家眾都在弘揚「人間佛教」，遍及五大洲。佛光寶寶、佛化婚禮、菩提眷屬祝福禮等，佛光山辦的種種活動，也都是弘揚「人間佛教」。調皮搗蛋的小孩，在童軍活動中得到善美的薰習，也可以成為優秀的青年。佛光山與人間佛教的關係密不可分。

李虹慧總結表示，很多研究人間佛教的教授都很肯定「人間佛教」，佛光山幾乎等同人間佛教，講到星雲大師就會講到人間佛教，是世界認定人間佛教的推動、展現、創意者，也是人間佛教的代言人。她強調，人間佛教是生活的佛教、現世的佛教、有用的佛教，更是幸福安樂的佛教，勉勵大眾發願成為一位弘法者。

（摘錄自人間通訊社／民國一〇五年九月十一日／記者：周圍輝、周實寬）

李虹慧曾經在國際佛光會中華總會民權分會的年度會員大會中，講述《星雲大師全集》。李虹慧強調，大師終其一生，秉持人間佛教精神理念，以各種善巧方便、萬千法門，帶領僧信四眾共同

弘揚人間佛教，因此成就了這套類別豐富，論述多元的《星雲大師全集》。

分享《星雲大師全集》編輯心語

李虹慧追隨星雲大師弘揚「人間佛教」近五十年，對《星雲大師全集》的出版，有很深的感觸。因為加入了國際佛光會，傳揚人間佛教，不僅翻轉自己的生命，更幫助無數大眾翻轉他們的人生。而她「傳揚人間佛教，成就豐盈人生」的生命故事，也收錄在《全集》第兩百九十三冊。檀教師鍾茂松更曾讚揚李虹慧是「活的歷史」。

李虹慧介紹幾位實際參與《全集》編輯的法師，對這套全集的感受看法。永本法師說：「《全集》是人間佛教的聖典，是現代版的大藏經。」依空法師說：「《全集》讓你看到慈悲、智慧、願力、平等，看到從文字般若帶著我們觀照般若，最後實證。」

而《全集》主編蔡孟樺說：「讓我震撼的是，大師可以把題目一下子講出來，然後我們一字排開，準備好錄音機，大師就馬上開始，從破題、起承轉合，到講完綱目、架構、內涵精準完整，而且講完這一則，馬上又接下一則。」大師沒有所謂的準備時間，這一切是他內心自悟自證的內涵。

聽眾李袖芳分享她參加《全集》編輯校勘的因緣及過程的甘苦。十五年前有因緣親近佛光山，認識慈悲基金會蕭碧涼老師，因而為慈善工作留下一些紀錄，做過社區關懷，報導偏鄉醫療義診、八八水災，及災後重建工作，見證了整個過程。更到南華大學研究所進修，為的是了解人間佛教慈善工作的根本精神。愈深入人間佛教，愈覺得自己的渺小，因而不斷思惟「什麼才是留給子女最好的寶藏？」這才發覺，金銀錢財總有用盡之時，留下《全集》，就是最好的傳家之寶。

聽眾李淑芳回饋分享，談到大師的「一筆字」，當她知道大師眼睛看不見，必須一氣呵成，一筆完成時，內心受到極大的震撼。看大師的字，需用「心」看而不是用「眼」看。從大師的一筆字中，看到大師「弘法的決心、文化的涵養、堅持的毅力、慈悲的願心」。而從李虹慧老師身上也看到有大師的影子，李老師遵循大師的教誨，勇敢「走出去」，走在菩提道上，不斷鼓勵提醒自己「不能老」，與時俱進，不斷學習。李淑芳說，李老師是自己學習的最好善知識。

（摘錄自人間通訊社／民國一〇六年九月二十六日／記者：周圍輝）

在國際佛光會北區讀書聯誼會時，李虹慧以《星雲大師全集》為素材專題演說。她挑選《全集》中第一類「經義」、總冊號八的《阿含經與人間佛教》，分享生活中的體證。

阿含經 佛法修行典範

《阿含經》是佛陀在原始佛教時代生活的紀錄，佛陀以法來教化眾生，更是以法來證悟成佛。「我們跟隨大師弘揚人間佛教，明瞭大師一再主張傳統佛教與人間佛教要融和，闡述佛法應該與時俱進，給人懂，給人受用。」李虹慧告訴大家，「佛陀所證悟的真理，是要解決人的生活、生命、生死的問題，是對人間的教化，本來就是人間佛教。」《阿含經》在五百羅漢第一次集結時形成，它記錄了佛陀在生活中對弟子的教說，從說事、說理中提升自己，解脫自己。

北傳四部《四阿含經》，即《增壹阿含經》、《雜阿含經》、《中阿含經》與《長阿含經》。李虹慧介紹各部經典的內涵，《增壹阿含經》教導我們明白人天因果，也就是大師現在倡導的人間佛教；《雜阿含經》大部分講述佛陀的生活和各種禪定的內容；《中阿含經》說明人性中最究竟「寂滅」的真義；《長阿含經》旨在破除外道和邪見。在中國、日本的佛教教理教史中，傳統上向來將《阿含經》視為小乘經典。直到近百年前，歐洲各國學者加以研究，漸受重視，確認《阿含經》是原始佛教的經典。此經內容包含佛陀的世界觀、人生觀及實踐的方法綱目等，具有多重意義及價值。

李虹慧強調，大師弘揚人間佛教，為了讓人聽得懂，常將「深奧難懂的佛法各項義理，用人間性、生活性的譬喻，故事等事例來詮釋」。其目的希望聽懂了，能感受到佛法與自身有密切關係，進而將佛法應用在生活中，透過佛法指導開創幸福、歡喜的人生。《阿含經》並不是談玄說妙，是佛陀闡揚緣起性空、善惡業報、因緣果報等義理。

「學佛的真義，是依照佛陀正法、佛陀的開示，朝向佛陀的真理走去，達到解脫之境。《阿含經》是當時佛陀對弟子、信徒的生活教化，所以四部阿含經典，可以作為我們佛法修行的典範。」李虹慧以此與眾人共勉。

（摘錄自人間通訊社／民國一〇六年十二月九日／記者：周圍輝）

Chapter 8

走入社區 傳播善美理念

在弘法過程中，佛光會積極走入社區，李虹慧經常以「生命故事的啟示」、「信仰與人生」、「創造美好的人生」、「教育與慈悲」為主題，舉行親子教育系列講座。對她來說，教育是她最擅長的事，三十幾年的教職生涯，面對無數學生，經歷各種狀況，她總能以愛心和耐心，跟家長合作、陪伴孩子度過最焦慮的國小低年級時期。

李虹慧認為，「當老師就像當父母一樣，也需要邊做邊學，有了經驗就能更加上手，重點是要跟著孩子一起學習、跟著時代一起進步，才能讓家庭教育和學校教育攜手合作，帶領孩子走向正確的道路。」

鼓勵奉獻　培養生命價值

李虹慧曾受邀擔任永和學舍「生命教育進階研習課」講師，帶著老師們一起探索生命的價值觀、如何培養樂觀進取的人生、提振鼓舞義工老師們的奉獻精神，持續散播愛與希望。

生命教育　經驗傳承

永和學舍監寺覺勤法師，秉持佛光山開山宗長星雲大師提倡人間佛教的理念，致力推廣「生命教育」於校園；並以提升「生命教育」義工老師的觀念和內涵為目標，廣邀各有專長之專業人士，就人生的心得、經驗提出分享，不間斷地為義工老師舉辦研習培訓，除了增長老師們的教學技巧，也為爭取進入新北市更多學校作準備。

此梯次培訓研習的講師是國際佛光會資深檀講師李虹慧，她以多年之教學及輔導體驗，與在座二十多位義工老師分享，如何帶領小朋友，如何運用當下情境，如何搭配圖片、譬喻故事，如何以聲音、語言、表情，善巧地把教育與佛教的慈悲結合，啟發小朋友的學習興趣，進而尊重他人、珍惜生命。

李虹慧除了實質教學經驗的分享外，更帶給義工老師精神信仰的傳承。為什麼要有信仰？李虹慧表示：「人生面對重大苦難和考驗，如失業、失意、生病，很自然就會想找一個宗教來依靠，尤其家中有人往生時，也會找法師誦經，所以人只要有生死問題，就離不開宗教。」因為宗教信仰使人前途有望，使身心安住，使生活美化，使人生美好。

接著李老師由信仰的各種類別，進入到信佛的層次，從信佛、求佛、拜佛、念佛、學佛以至行佛逐步提升，又舉例永和學舍的生命義工老師，長期以來，利用晨間到各學校為小朋友說故事，就是行佛。

何謂信仰？信仰由最初對大自然神祕力量的尊敬、英雄的崇拜、神鬼的迷思、自我的執著，進化到對真理的崇敬。各家對真理有不一樣的看法，道家認為真理是自然與天命相結合的精神境界，哲學家看作是生命所追求的目標，儒家則對倫理非常重視，由倫理而奠定社會家庭的基礎。

佛陀所說的真理從緣起，性空和因緣法的相互關係去瞭解。緣起就是世間一切事物都是因緣生、因緣滅，並無實在的自性，故其性本「空」。而「法不孤起，仗境方生」是所有萬事萬物不能單獨存在，必須各種因緣條件和合下才能存在。

怎樣認識「空」？李老師以圖解方式，從八種不同的角度解說，並舉日常生活中的例子加深大家的印象。認識「空」、「緣起」、「因緣」，可以幫助大家建立感恩的美德，培養隨緣的習慣，擁有希望的未來以及樂活當下的人生。

最後，李老師提醒大家，信仰必須要有正見，要相信有業報，有因、果。因為「業」維繫著我們三世永無休止的輪迴，所以，星雲大師極力推行「做好事、說好話、存好心」三好運動，讓所有人都能身、口、意三業清淨，淨化心靈，提升全民品格，促進社會和諧。

生命教育義工王老師表示：「非常喜歡覺勤法師所安排的培訓研習，有佛法又有實戰教學分享的豐富內容，對往後自己晨間教學有很大的幫助，也讓自己未來的人生，有了信仰和依靠。」

（摘錄於人間通訊社／民國一〇一年十月十九日／記者：葉月琴）

當時，每周三的生命教育課程，讓參與的義工老師們總是殷殷期盼著，特別是由李虹慧老師主講的議題，從教育理念到案例分享，每一次都讓學員們收穫良多。

珍愛生命　《菜根譚》給指引

李虹慧以星雲大師法語「有愛，就有生命」做為開場白，鼓勵大家

2018 年，國際佛光會北區檀講師讀書聯誼會，齊聚佛光會台北道場 8 樓國際會議廳。前排左起：丁祖焯、鍾茂松檀教師、李虹慧、洪明郁、林清秀、林秀美、楊秀梅，後排為宣講員、監獄佈教師與青年妙慧講師等。（李虹慧提供）

要有宗教信仰，因為人在世上會遇到種種不如意之事，透過信仰可以解決自身的困惑，平時多關照自己的「心」，才能增強力量、培養抗壓力，且引用經典「佛說一切法，為治一切心，若無一切心，何用一切法」。在座談中，李虹慧語重心長地說，現在有許多人因為受了苦而無法抗壓，最後選擇結束自己的生命，讓周遭所愛的家人承受著無法抹去的悲痛。以近年在日本留學的三位台灣學子為例，由於男同學無法獲得女孩的芳心，選擇結束女孩及另外一位同學的性命，最後自身無法脫離譴責，也用自殺的方式結束人生。林姓女孩的姑姑對此事件，用悲傷的話語告訴世人，「任何生命都是寶貴的」，道出她的哀慟。佛教講輪迴，前世的因緣造成每個人站在三生石上，只是忘了自己的舊精魂。擔任生命教育的老師，就有責任帶領孩子正確的人生觀念，相信輪迴，懂得布施及分享。

師長及父母不應以課業成績為重，而是教孩子做事的態度與方法，培養生活技能與品德，每個孩子資質不同，需因材施教。義工老師可觀察服務班級的學童有無異常之處，進而與班上老師互動，了解學童的學習與心理，有助於孩子的適性發展。李虹慧也舉自己孩子的例子，老大在各方面表現優異，老二卻是在求學階段有叛逆的行為，影響讀書，但在循循漸誘的教導下，用愛心及耐心發現他的優點，進而培養他種長才，老二一樣也成為優秀的人。

李虹慧教學多年，對於特殊孩童的關愛與教導更是不遺餘力。她感謝這些因緣讓她在教育領域獲得許多寶貴經驗，而佛光山也倚重老師的教學經驗，讓她成為檀講師，為大家播下愛的教育種子。

生命是獨一無二的，何其寶貴重要，李虹慧期勉大家扮演輔導諮詢的角色，尊重、接納、理解，陪伴孩子成長，能用活潑生動的教材與學童分享，透過《佛光菜根譚》裡的星雲法語，教正確的人生價值觀，減少自殺等社會問題，珍惜自己及他人的生命，生命的價值在於「活」著，不只是一生一世，更要生生不息。

（摘錄自人間通訊社／民國一〇一年十月二十七日／記者：黃嘉馨）

永和學舍這群充滿愛心的義工老師，在新北市雙和地區已經深耕好多年，都是利用晨間時光，在秀朗、網溪、永平、復興等多所國小，以《佛光菜根譚》為藍本，編輯教材，為小朋友說故事。李虹慧特別在「如何開創生命智慧」這堂課當中，改編了幾首大家耳熟能詳的歌曲，貫穿於討論講題中，並與義工老師們互相討論如何教養孩子，陪孩子一起成長。

妥善規畫 對人生負責任

李虹慧一開場便提到唐伯虎：「人生七十古來稀，為年七十為奇，前十幼小，後十衰老，中間只有五十年，一半又在夜裡過，算來只有二十五年在世，受盡了多少奔波勞苦。」詩句說明光陰短暫，人生苦樂無常，我們應當把握當下，積極規畫自己的人生，可以為世人留下身教，留下貢獻，凡走過必留下痕跡，所以必須對自己人生負責，身為孩童的父母及師長，更應該做他們的榜樣。

並舉孔子曰：「十五志於學，三十而立，四十而不惑，五十而知天命，六十耳順，七十從心所欲不逾矩。」都是在說明人生每個階段，都有規則可循。李虹慧舉出佛光山開山宗長星雲大師為大家規畫的人生：

一、成長學習期：二十歲的人生要將所學的知識，做事的技術與做人的基本道德觀念等學習完成。

二、實習服務期：三十歲的人生要與大眾合群，事業基礎實習完成，服務人生。

三、弘法佈教期：四十歲的人生發展事業。

四、佛法圓融期：五十歲的人生規畫為教、學、做的階段，一面自學自做將經驗傳授給人。

五、經驗傳承期：六十歲的人生要專業著書立說，或專職教學把一生的智慧傳給後代。

六、雲遊渡生期：七十歲的人生一面教學，一面遊山玩水，隨喜隨緣將經驗閱歷國際化，擴展寬廣的人生。

李虹慧勉勵義工教師發願弘揚人間佛教，實踐三好、四給、五和的生活，力行大師所開導幸福安樂的人生。她將李白的〈清平調〉醒悟這首曲更改歌詞，〈葡萄成熟時〉改成因緣成熟時，也把〈重相逢〉的歌詞進行改編，最後教大家將〈蘭花草〉這首歌改成福慧歌，大家在愉悅的歌聲中歡唱，讓教學成為輕鬆有趣的學習。

最後，李虹慧與義工老師們討論「如何陪孩子一起成長」，在孩子的人生困惑中，父母應當扮演什麼角色，如何將孩子引導到正途，學校教育及家庭教育都需相輔相成，才能把下一代教育做好。

（摘錄自人間通訊社／民國一〇二年四月二日／記者：黃嘉馨）

活出自在人生　講題吸睛

除了永和學舍的課程，國際佛光會北市南一區民權分會也與松山區民福里辦公室合作舉辦生活講座，邀請李虹慧主講「活出自在的人生」，當里民們得知她要來演講，紛紛呼朋引伴、充滿期待。

知足不計較　活得燦爛

李虹慧檀講師告訴二十多位里民，要活出自在的人生，首先要認清人生是無常的，要把握每一個當下，積極行善，所謂「積善之家，必有慶餘」。具體的做法是，與人相處要和諧，拋開世俗的名聞利養，生活時時自在無憂，更要積極培養快樂的習慣，處處朝光明面思考，人生才能燦爛精采。

面對不同年齡層的里民，李虹慧分享許多小故事，說明「人一生的境遇，常由各種因素而改變命運」。可能是一件小小的善事，救了一個人的性命；一句智慧的話語，改變一個人的心情；可能因一個感恩的心，發奮向上成就一番偉業。德蕾莎修女一念之善，一生關懷、奉獻給街頭上最可憐的窮人、病人，受到世人尊崇為聖人。她進一步談到要「活出自在的人生」該怎麼做？與親友、同事、社區、族群要懂得和諧，在日常生活中，培養「人我是非不去說，成敗得失不計較，憂愁煩惱不掛念，名聞利養不爭前」，生活才能自在。「什麼是快樂的來源？」李虹慧強調，從工作中培養興趣，從現實生活中養成知足觀念，平常要有幾個知心的朋友可以談心，自處時要觀人我的空性。

李虹慧更勉勵大家，「勿因善小而不為，勿因惡小而為之」。人生無常，意外什麼時候會來沒有人能把握，沒有任何東西可以帶得走，能夠留下讓世人懷念的，只有善美的義行。

古瑞珍里長表示，很感激李虹慧老師能撥空前來與里民座談，鼓勵里民接受新知識新觀念，獲得正向的理念，建立積極人生態度。里民詹媽媽很高興拿到李虹慧所著作的書《陪孩子一起成長》，她歡喜地表示，這正是她所需要的教養書籍。國際佛光會的檀講師們都是「人間行者」，不斷將慈悲歡樂的種子，撒向這片人間淨土，「人間佛國」指日可待。

（摘錄自人間通訊社／民國一〇二年四月十九日／記者：周圍輝）

為了提升家庭倫理、讓佛法走入社區，國際佛光會中華總會北市南一區督導委員會也與大直成功里合辦、由佛光會中山六會承辦「一社區一蓮花」生活講座，在成功里辦公室以論壇方式與里民結緣，活動現場既歡樂又感動。

一社區一蓮花　揪里民共創美好人生

國際佛光會檀講師李虹慧為與會三歲至八十歲的七十位里民說明，「如何創造美好的人生」，在精采的講座結束後，與談人與家人們互相擁抱、里民張源池也感恩太太付出，讓現場充滿感恩心且幸福滿滿。

「幸福就是觀念轉變彼陣開始！」國際佛光會中山六會會長李淑芳帶領「十巧手」暖身、普門佛光合唱團表演「幸福是啥物」與「祝你幸福」等歌曲後，成功里里長李清水感謝佛光人關懷社區，藉由舉辦講座傳遞善美種子，讓社區更加美好。

在教育界三十多年、關心親子教育的檀講師李虹慧提到，父母是孩子接受教育最初的老師，教導孩子要管理得當，才有美好的人生，國際佛光會所推動的三好教育，即是品德與親子教育的基礎，有健全溫馨的家庭，才能塑造出孩子健全的人格。

由國際佛光會南一區督導長周圍輝主持「一社區一蓮花」論壇，邀請楊玉琴、李淑芳、羅妙琴與胡淑卿等佛光幹部，分別就如何營造家庭和諧、與家人相處、親師間的關係及如何與病為友等議題，分享生命經驗。

楊玉琴提到，營造和諧的家庭，要能多溝通少爭執、多欣賞少批評、多讚美少指責，與子女相處要能放下身段、用心傾聽；李淑芳談到，父母教導重視禮貌、適當管教、陪伴與傾聽，不但帶給大家正向思考，更是增進親子關係的調味料；教職退休的羅妙琴，以個案輔導為例，說明親師間的關係與「境教」非常重要，家長要能與學校老師多互動，才能精準地把孩子照顧好；胡淑卿則分享與病為友的經驗，除了感謝信仰給予力量與家人照顧之外，並說明加入義工服務，不但讓自己翻轉生命，也讓生活變得更精采。

國際佛光會中華總會北區協會區委莊燕雪提到，佛光人走入社區，透過集體創作傳播善美理念，希望讓一朵朵淨蓮深植社區、淨化人心；周圍輝則談到，創造美好人生，培養正向思考、轉念很重要，營造溫馨家庭、重視親子關係，更是建構的基石。

（摘錄自人間通訊社／民國一〇五年八月二十七日／記者：張彬彬）

2008 年，李虹慧（中）於「鬧熱關渡節」參加社區舊物義賣，與好友胡清涼（左一）、丈夫郭文仁（左二）、兒子郭冠麟（右二）、媳婦戴桂蘭（右一）在攤位前合影。（李虹慧提供）

2017 年，佛光會北一區 345 督導讀書會共讀《星雲大師全集》之《佛法真義 1》。前排左起：程淑美、許美月、吳惠美、李虹慧、陳柔諭、顏百合；後排左起：王聰結、朱元、廖卓勸、陳月桂、林美說、張雪卿、陳淑燕、鄭月市、陳秋玉、游美玉等 17 位督導。（李虹慧提供）

Chapter 9

前進星馬　展開海外巡講

推廣人間佛教，不能只是在佛光會和社區生活講座而已，星雲大師鼓勵大家要「走出去」，從家庭走入社會、從個人走進團體、從台灣走向世界，大師說一定要「走出去」，才能開闊眼界、與時俱進，接受更多新知識、新觀念，讓人間佛教的理念真正推展出去。

退而不休　四處弘法佈教

成為檀講師之後，李虹慧經常到世界各地弘法佈教。首場巡迴講演在新加坡佛光山大殿主持佛學講座「信仰與人生」，該場講座有新加坡佛光山監寺妙穆法師、協會溫栢強會長與社會人士等逾兩百人聆聽。

獅城開講　信仰與人生

從事教育三十三年退休的李虹慧老師，除了豐富的教學經驗，也對輔導工作懷著孜孜不倦的熱忱。她曾經先後擔任台北市教師中心諮詢專線義務諮詢員、監獄講師、敬老院講師，以及單親輔導團體講師等。因為接觸佛法多年，李老師雖年近七十，仍秉持著退而不休的信念到處弘法。

為什麼要有信仰？李老師表示，在人生面對苦難和考驗時，信仰讓我們有向前的勇氣。通過正信，才有目標和規範，並帶領大家了解由信仰的各種類別進入信佛的層次，從信佛，求佛，而最終能行佛。

學佛重視的不外乎是否能實踐於生活中，從對大自然神秘力量的尊敬，進化到對真理的崇敬，信仰昇華到不再是迷信。真理在各家宗派有著不同的看法，儒家對倫理非常重視，由於倫理而奠定社會家庭的基礎。倫理在不同的場合，身分是人與人之間須謹守的規則。這代表著人與人之間的不計較，而佛陀的六度，四無量心等，都是增進人我關係的方法。李老師提醒我們要觀德莫觀失，要平等對待一切。

佛陀所說的真理從緣起，性空和因緣中的相互關係去瞭解。緣起就是世間一切事物都是因緣生滅所成，並無實在的自性，故其性本「空」。而「法不孤起，仗境方生」，所有一切事物都是相互依靠，在各種因緣條件下才能存在。如何去認識「空」？李老師以圖表的方式，帶出如何從八種不同的角度去進一步探討及從日常生活中去體會。認識空、緣起、因緣，對我們有什麼好處呢？李老師說，由於我們都需要彼此的因緣才能相互存在，這能培養感恩的美德及隨緣的習慣，以同理心感同身受。這也能讓我們提起正向的思想，因為未來是充滿希望的，當下也應該生活得更快樂。

信仰必須要有正見，要相信有業報，有因也有果。因為「業」維繫著我們三世永無休止的輪迴，所以大師極力推廣「三好、四給」，淨化我們的身、口、意三業。通過五和、六度，廣結善緣，修正自己的言行來掌控自己的人生。

講座以大師的《佛光菜根譚》「生活樂觀，是人生的藝術；工作勝任，是人生的價值；事業成就，是人生的富有；宗教信仰，是人生的昇華。此乃人生之至善也。」做為結語，希望大眾能解行並進，接引更多人學佛，讓信仰傳承。

（摘錄自人間通訊社／民國一〇〇年三月二十三日／記者：楊肅斌 新加坡報導）

結緣東馬　難忘沙巴盛情

結束新加坡講演之後，李虹慧前往東馬沙巴禪淨中心，由監寺覺度法師親切接待。第二天，再由覺度法師陪同李虹慧搭乘小飛機前往斗湖島。

當天晚上，由國際佛光會大福分會和斗湖第二分會，共同在斗湖佛光寺舉辦講演。隔天，要搭機返回新加坡時，由覺度法師和沙巴協會司徒偉新會長，親自開車載她到沙巴機場。當時，機場的人不多，從出境站到登機口有一長段路，當李虹慧走了很遠再回頭看時，發現覺度法師和司徒偉新會長仍舊站在同樣的地方跟她揮手道別，讓她非常感動，也因此發願：「以後有因緣，一定還要再來！」

兩場講座　三百人獲法益

國際佛光會資深檀講師李虹慧三月二十一日前來東馬進行巡迴講演。二十二日、二十三日晚間分別在斗湖佛光寺、沙巴禪淨中心講說「創造美好的人生」。監寺覺度法師、協會司徒偉新會長與社會人士等三百人聆聽法益。

李虹慧表示：「人生就像萬花筒一般，如何創造美好人生？首先，要營造家庭的溫暖，進而培養好因好緣的人際關係，以建構美好快樂的人生。了解生命的本質與價值，在智慧與慈悲中展現美好的人生；廣結善緣，修正自己的言行，才能超越各種障礙，擁抱美好人生。」她也鼓勵與會大眾，時時奉行星雲大師所提倡的三好、四給、五和，活出自在的人生。

（摘錄自人間通訊社／民國一〇〇年三月二十六日／記者：心憫 沙巴亞庇報導）

同年三月三十日，李虹慧前往東禪佛教學院，與同學們分享她與星雲大師及佛光山的因緣故事。

與東禪佛學院生　共話人生

李虹慧老師與同學分享立志、發願修行的重要性，此外，也傳授如何經營人生、家庭、班級的方法，並鼓勵大家在接受任務指派時，都要能夠保持「從零出發」的心態，直下承擔。李老師特別勉勵同學：「參加就是成長，參與就是學習」，而人生要隨時隨地廣結善緣，為自己的福報加油。短短約一個小時的接心，讓與會同學從中學習到如何才能活出有意義的人生。

最後，學務長如音法師對李老師的分享作了簡要的五點總結，分別是志願發願、經營人生、當下承擔、廣結善緣、解行並重。李老師更感動於師父上人在大馬辦學的精神，而願意贊助東禪佛教學院的教育基金。

（摘錄自人間通訊社／民國一〇〇年四月五日／記者：陳麗瓊、鄒易維 馬來西亞仁嘉隆報導）

大馬教師團　訪台交流

民國一〇〇年（西元二〇一一年）十一月二十一日，有二十三位來自馬來西亞新山禪淨中心的現任國小老師，在監寺覺五法師的帶領下，抵達高雄南屏別院，展開為期七天的「馬來西亞教師團台灣之旅」。

李虹慧：老師，您是孩子的菩薩

參訪活動的開場，邀請國際佛光會檀講師李虹慧老師、人間佛教讀書會講師莊月香老師，以「創造生命的智慧」、「生命教育」為主題，為這些年輕的老師們進行演說。

莊月香老師首先強調知識就是力量，並解說藉由閱讀可以拓展生活的領域，介紹《人間福報》所推行的讀報教育，從小就培養孩子們關心時事，與時俱進，養成每日讀報的習慣，終身學習；從新聞的人物特寫，找出值得學習的生命態度，提升自覺教育。她說：「我們當老師，都是在培植福德，一個好老師就如同一粒善的種子，可以影響一個家庭、一個社會、國家、乃至全世界；星雲大師要我們行『三好』，古云『立德』就是做好事，『立言』就是說好話，『立功』就是存好心。」

李虹慧老師則是在「創造生命的智慧」講題中，以「老師，您是孩子的菩薩」為開場白，述說她在三十多年的教學生涯，和心靈專線諮詢上與學生、家長、個案的互動進行分享。李老師說：「教師的一句話影響多少學生的一生？給人歡喜、給人讚歎、給人肯定、給人鼓勵，讓人生命引起奮發、向上、正面思惟的學習。」又說「美好快樂的人生來自於慈悲喜捨」；並引用「三生石」黃山谷前世今生的故事，解說佛家所說「輪迴轉世」的道理。

已有二十五年教齡的鍾秀鳳老師，同時也是學校的副校長。她表示，宗教信仰對教育幫助是很大的，新山禪淨中心為考生祈福、加油，又送臘八粥，讓學生和家長的心安定且溫馨，所以常常會更喜歡親近道場。她說道：「我回學校後，將要在學務會議上，把這次來台灣參訪所學習到的資訊，分享給所有老師，也鼓勵老師們到台灣來見識。」

同樣是擔任六年級導師，有十年教齡的劉沛玲老師，本身也是佛教徒，她表示：「我覺得李虹慧老師那『一句話的力量』，讓我最受用，因為一句話影響學生的一生，也提醒我們要身負重任地做個好老師。」

湯重廣老師是學校的董事、教育小組主任，同時也是市議員，他表示，這是他第二次來台灣，也肯定佛教是提升品德教育、生命教育與文化教育的宗教。

最後，李虹慧老師以她所著作的書《陪孩子一起成長》和老師們結緣，大家在列隊簽書後留下合影，圓滿教師團台灣之旅充實的第一天。

（摘錄自人間通訊社／民國一〇〇年十一月二十二日／記者：吳惠美）

時隔七年　再訪沙巴

民國一〇〇年（西元二〇一一年）三月，李虹慧第一次前往沙巴禪淨中心講演，讓她充滿感動，留下深刻的印象，也期許若有因緣一定要再去。有願必定成功，果然，經過了七年，民國一〇七年（西元二〇一八年）六月，已高齡七十八歲的她，再度前往沙巴禪淨中心講演，這次由周圍輝督導長及佛光大學碩士鄭婉齡陪同，覺度法師安排了在沙巴禪淨中心、斗湖佛光寺及汶萊協會的三場講演，留下歷史紀錄。

實例演繹　改革創見幽蘭行者

佛光山沙巴禪淨中心暨國際佛光會沙巴協會，六月二日晚上在達邁區道場舉辦佛學講座，邀請檀講師李虹慧主講「續佛慧命──改革創見幽蘭行者」，吸引了逾四十名護法信眾與會聆聽法益，加深了解歷代高僧大德如何展現大智大勇，改革創見為佛、為法、為眾生的大悲大願心。

李虹慧老師以感恩的心情，分享學佛行佛所帶來的生命轉變。她從小家境貧困，靠努力自學考上台北師範學校，踏上教職之路，後來有因緣親近佛光山，踏上國際佛光會這個世界性的舞台。

接著她說明如何續佛慧命以及如何改革創見？改革與創見，是為了改善現狀，開創未來。她也點出星雲大師是繼往開來，人間佛教的推動者，對不合時宜的陳舊陋習勇於改革，也讓未來佛教的發展有方向、有理想、有弘願、有創意。經過數十年的努力，導正一般人對佛教的看法，認識傳統佛教可以與現代環境融合，與時俱進，建立制度化、現代化、國際化的舞台。

李老師說，大師也將傳統佛教開創另一番新局面，達到「生活佛法化、佛法生活化」的目標，佛教「走向城市、深入社會、關懷群眾、超越國界、弘化全球」。大師的智慧法寶，在在敲醒佛光人。大師改革的動力、人格的特質，都是弟子要效法學習的。

李虹慧列舉多位佛光山比丘尼續佛慧命的實例，如佛光山開山寮特助慈惠法師、國際佛光會世界總會署理會長慈容法師、秘書長覺培法師、新馬泰印總住持覺誠法師等人，皆如星雲大師的化身，兢兢業業，推動人間佛教，使得佛光山教團在世界各地發光發亮。今年更站上聯合國舞台，在婦女平等議題會議上發言，同時將佛教推向國際，提高能見度。

她表示，有因緣在佛光山、佛光會學習成長，讓身心安住，生命有了很大的突破。身為佛光人，應以實際行動推展人間佛教，讓更多社會大眾認識佛教、接受佛教；同時不斷自我學習和成長，利己利他，昇華一己生命。

（摘錄自人間通訊社／民國一〇七年六月五日／記者：潘雲珍 沙巴亞庇報導）

2018 年，佛光山沙巴禪淨中心暨國際佛光會沙巴協會舉辦佛學講座，邀請檀講師李虹慧主講「續佛慧命——改革創見幽蘭行者」。（人間通訊社提供）

佛光會第四次世界大會於 1995 年 10 月在澳洲雪梨舉行，台灣代表團合影，左邊第二位是李虹慧。（人間通訊社提供）

結語

平凡中的不凡 來自堅定信仰

第一次見到李虹慧老師，是在老師位於關渡的家。開門時，就看到笑容滿滿的老師，進屋後，忙著倒茶招待我們，桌上還放著剛切好的水果。由於正值酷暑，老師還不斷詢問：「冷氣夠不夠涼？」「先補充一點水分！」「這是我媳婦切的水果，不要客氣喔！」雖是初次見面，卻備感親切。

還沒坐定的我，看到沙發邊桌上放著一個紙盒，紙盒內滿滿都是老師的手稿、照片、資料和信件，看得出年代久遠，但老師保存

得非常好。稿紙上的一字一句，都是老師親筆撰寫，在當前處處是3C的時代中，看到這些手稿，思緒總是會不經意地回到以前那個很有溫度的社會。

客廳牆上掛著三幅星雲大師親筆題字：「慈悲」、「惜緣」、「從善如流」。一筆一畫、一字一句，都代表著大師對於佛法的堅持與信念。同樣地，我也看到了李虹慧老師對於弘揚人間佛教的理念與堅定。

對於佛光山、對於星雲大師，李虹慧永懷感恩心。李老師鼓勵有緣人，深入佛法，啟迪智慧，深耕福德與因緣。佛法的真理永恆不變，但傳播方式可以隨著時代發展而改變。佛光山與佛光會既有的一切成就、光榮與功德，都是集體的、大眾的。就像星雲大師所說：「我覺得自己此生並不辛苦，來生我還是要再做和尚，為建設人間淨土的平安幸福，繼續努力。」這也是李虹慧老師的目標，但她總謙虛地說，我們沒有辦法達到像大師那樣的偉大，但可以盡自己的力量，去傳達人間佛教的美好，讓大家理解，佛法其實不難，佛法是隨時隨地的在我們日常生活中觸手可得。

從李老師家的陽台望出去，關渡公園的自然美景盡收眼底，那樣的遼闊、那樣的綠意盎然，正當我們讚歎景色美好時，老師笑著說：「退休後住在這裡，我每天看著這片風景，心裡就覺得很開闊舒暢！整個人也都樂活起來了！」好景色、好空氣、好心境，正體現了人間佛教所提倡的「身心自在」！

從李虹慧老師身上，我們看到平凡人創造出不平凡的人生價值——因為信仰，成就了永遠無私奉獻、發願弘法之路的人間菩薩！

人間福報

慈悲
2025

《人間行者》系列②

穿越知識邊界
李虹慧的生命因緣

口　　述：李虹慧

採訪撰文：陳宇雙

社　　長：妙熙法師

總 策 劃：福報文化

照片提供：李虹慧、莊美昭、人間通訊社

編務統籌：讀書共和國出版集團（遠足文化事業股份有限公司）

特約主編：Sicily

美術編輯：口米設計

出 版 者：福報文化股份有限公司

發　　行：人間福報社股份有限公司
http://www.merit-times.com

地　　址：台北市信義區松隆路 327 號 5 樓

電　　話：02-87877828

傳　　真：02-87871820

newsmaster@merit-times.com.tw

郵撥帳號：19681916

戶　　名：福報文化股份有限公司

初版一刷：2025 年 8 月

定　　價：380 元

I S B N：978-626-97226-6-2(平裝)

法律顧問：蔡慧玲

印　　製：立德印刷股份有限公司

國家圖書館出版品預行編目 (CIP) 資料

穿越知識邊界：李虹慧的生命因緣/李虹慧口述；陳宇雙採訪撰文. -- 初版. -- 臺北市：福報文化股份有限公司出版：人間福報社股份有限公司發行, 2025.08
204面；17x23公分. -- (人間行者系列；2)
ISBN 978-626-97226-6-2(平裝)
1.CST: 李虹慧 2.CST: 傳記

783.3886　　114009559